KB240327

바람의 신, 아이올로스

바람을 따라 걷고, 바람의 흔적을 그리다

바람의 신, 아이올로스

바람을 따라 걷고, 바람의 흔적을 그리다

니콜라스 졸리보 지음 * 박언주 옮김

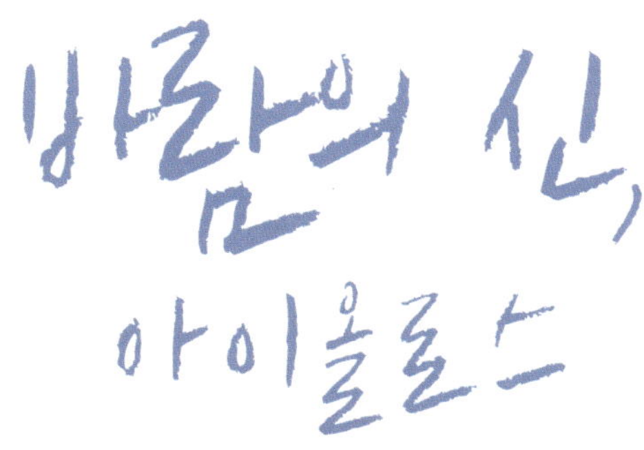

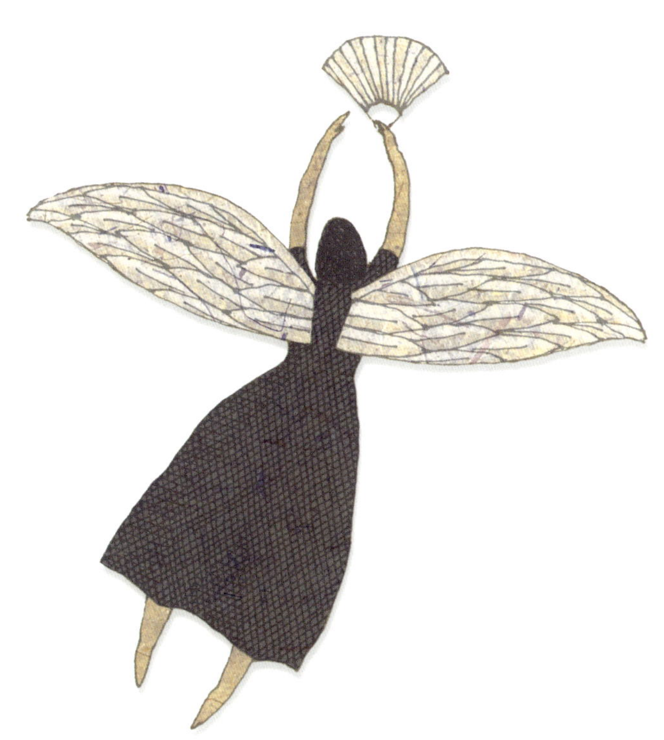

Bronte salon

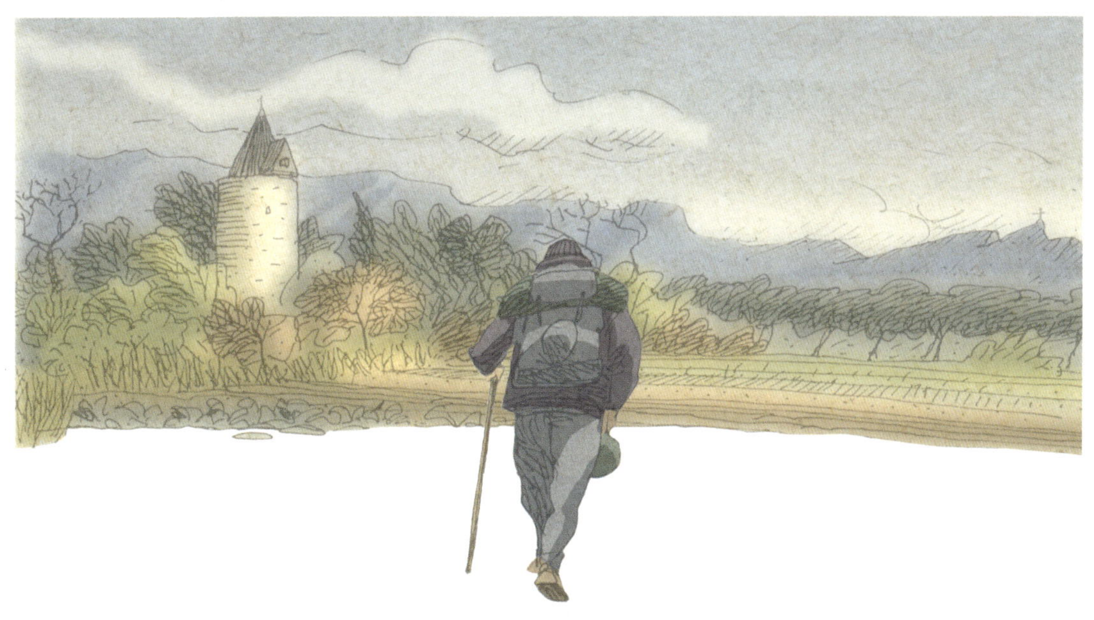

<h2 style="text-align:center">프롤로그</h2>

오래전, 그러니까 한 세기 전의 일이다. 세계를 돌아보고 싶다는 충동에 이끌려 짐을 꾸린 나는, 젊은 시절의 삶을 뭔가 위대하고 경이로운 것들로 채워보리라 마음먹었다. 그래서 나는 프랑스 전역을 도보로 여행하기로 했다.

가진 돈도 없었고, 먹고살 방법도 마땅치 않았지만, 스무 살에 무언가를 깨닫지 못하면 이후의 삶에서도 그런 경험은 좀처럼 찾아오지 않을 것이라는 예감이 있었다. 그래서 나는 10월 27일, 내 생일날 길을 나섰다. 겨울 여행이 되리라는 걸 알았지만 개의치 않았다. 나는 그저 운명과 별자리, 바람의 기운 같은 것들을 믿고 따르기로 했다.

여행을 시작한 첫 몇 주 동안, 나는 자연의 요소들이 내 곁에서 함께 걷고 있다는 사실을 매일 실감했다. 태양, 추위, 어둠, 비… 그리고 무엇보다도 바람. 그중에서도 바람은 내가 예전부터 가장 자주 마주해온 존재였다. 한밤중 텐트 안에서 홀로 마주하는 바람은 때로 무시무시했고, 맞바람을 뚫으며 걸을 땐 고통스럽기까지 했다. 하지만 더운 이마에 청량하게 내려앉을 때의 바람은 참으로 사랑스러웠다.

나는 바람이 불어오는 장소와 온도에 따라 각각 다른 이름을 가지고 있다는 사실을 그 여정에서 배웠다. 그 이름들은 마치 색깔처럼 다양해서, '바람'이라는 하나의 말만으로는 각각의 특징을 제대로 설명할 수 없었다. 예컨대 주홍, 진홍, 자줏빛 빨강 같은 단어들이 붉은 계열 안에서도 미묘한 차이를 드러내는 것처럼, 바람에도 그에 맞는 고유의 이름을 붙여주어야 했다.

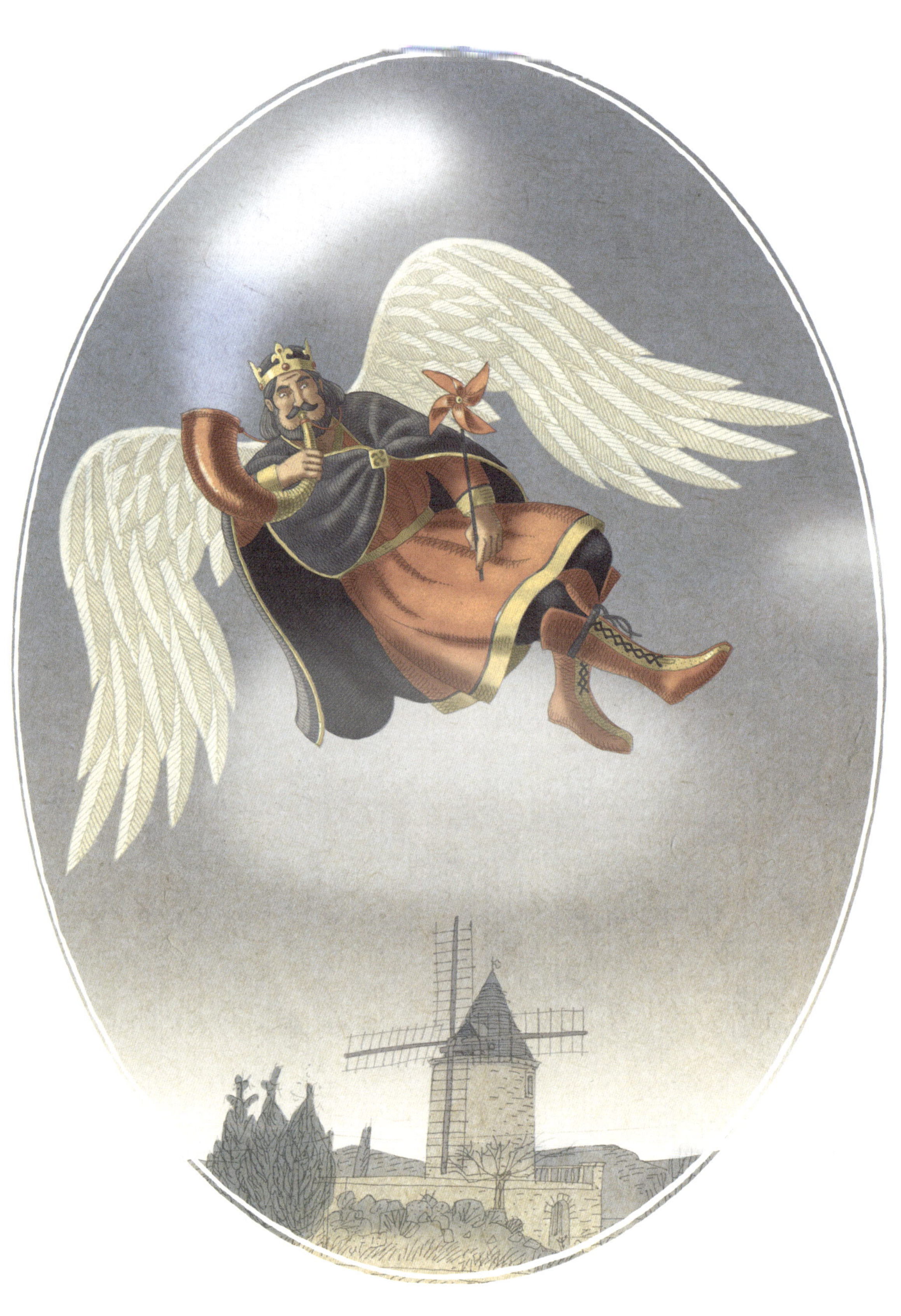

　홀로 장기간 여행을 해본 사람이라면 누구나 고독이 주는 유쾌하면서도 맥이 빠지는, 그 묘한 기분을 잘 알 것이다. 길 위에서 사람들과 뜻깊은 만남을 나누는가 하면, 오랜 방랑 끝에 문득 자신이 혼잣말을 중얼거리고, 새들과 대화를 나누고, 쏟아지는 빗줄기에 대고 고래고래 욕을 퍼붓고 있는 모습을 발견하게 된다. 그러다 그런 자신에게 놀라곤 한다. 그렇게 평소와는 전혀 다른 방식으로 자연과 관계를 맺게 되면서, 나는 비구름을 쫓아달라는 간절한 마음에 응원의 말까지 섞어 바람에게 말을 걸기 시작했다. 때로는 반말로, 때로는 존댓말로. 점차 바람은 단순한 자연현상이 아니라 하나의 존재로 느껴지기 시작했다. 결국 나는 바람을 의인화하는 데 성공했고, 마침내 사람처럼 묘사할 수 있게 되었다. 그때 이미 그림을 그리고 있었던 나는 여행 일지에 내가 만난 다양한 바람의 모습을 하나하나 그려두었다. 다만 그 일지는 '스케치북'이라 부르기엔 어딘가 어설픈 상태였다.

　이를테면, 빗줄기는 다소 빽빽한 선으로, 태양은 노란 원으로 비교적 쉽게 그릴 수 있었다. 하지만 눈에 보이지 않는 바람은 자연이나 사물, 사람들, 혹은 풍향계에 남긴 흔적으로만 존재할 뿐이다. 원칙적으로 바람이란, 날리는 나뭇잎이나 흘러가는 구름, 잔뜩 부푼 돛처럼 다른 무언가를 통해서만 짐작할 수 있는 것이다.

　그럼에도 나는 오래된 지도책들과 고대의 해양 지도들을 들여다보며 고대인들이 바람을 어떻게 표현했는지 알게 되었다. 그들은 바람이 불어오는 방향에 따라 표정이 다른 통통한 얼굴들을 지도의 네 귀퉁이에 그려 넣었다. 그렇게 사람들은 아주 오래전부터 비유와 상상력을 통해 자연을 즐기고, 자연에 대한 두려움을 누그러뜨리며, 자연과의 공존을 모색해 온 것이다. 이 방식은 훗날 내가 바람을 형상화할 때 하나의 지침이 되어주었다.

　나는 바람의 신 아이올로스가 어떤 능력을 지녔고, 그 신을 둘러싼 이야기들이 무엇인지 정확히 알지는 못했지만, 바람을 만나기에 가장 좋은 방법은 오래된 풍차들을 따라 걷는 것이라는 결론에 이르렀다. 옛사람들이 바람이 불지 않는 곳에 굳이 풍차 탑을 세우고 풍차 날개를 다느라 시간을 낭비하지는 않았을 테니 말이다. 과거의 이 건축물들은 어쩌면 도보 여행만큼이나 시대에 뒤처진 것처럼 보일지 모르지만, 내게는 바람의 길을 따라가는 여정에 분명한 이정표가 되어주었다.

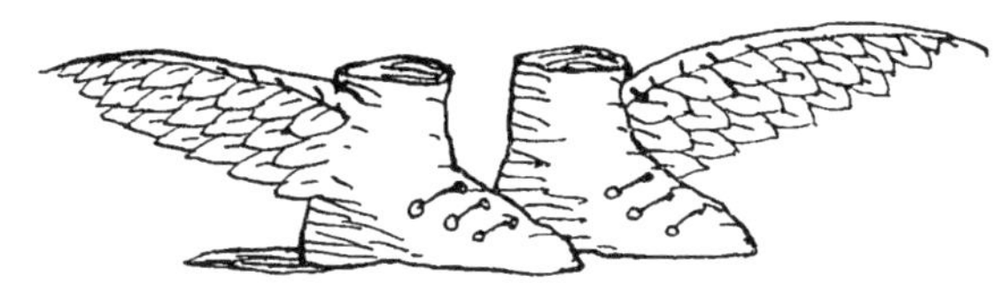

＊ 코르드 쉬르 시엘(타른주) 근처의 풍향계

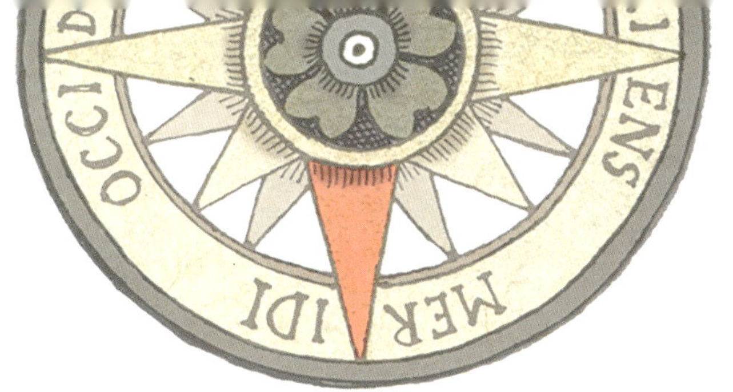

Chapter 1

남쪽의 바람

발길이 남쪽으로 향할 때

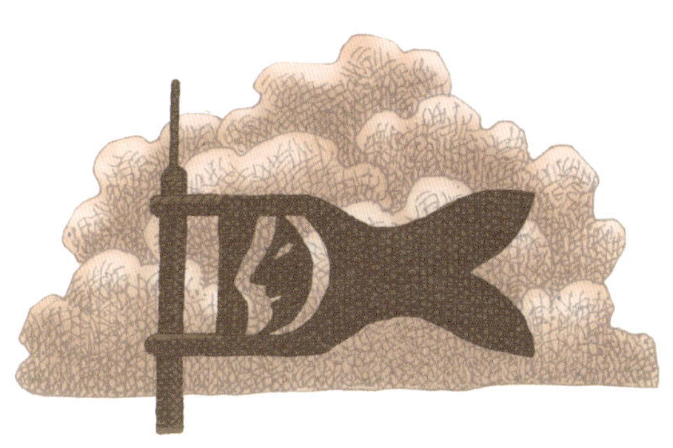

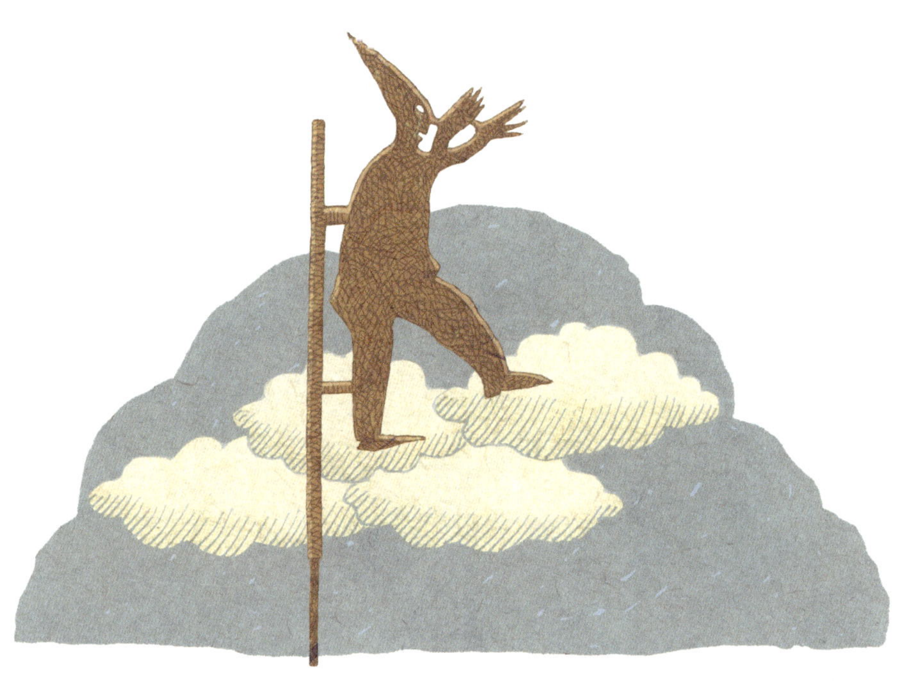

마냐크 쉬르 투브르(샤랑트) 근처의 풍향계

몽 쉬르 게네 숲을 빠져나오자, 베뤼 마을 인근 푸르농 성 뒤로 지평선이 서서히 모습을 드러내기 시작했다. 나는 성의 부속 건물 마당에 세워진 볼레 풍력 발전기를 그리기 위해 길가에 자리를 잡았다. 나선형 금속 계단이 달린 이 세련된 풍력 양수펌프는 좀처럼 보기 드문 물건이다. 프랑스 전역에서 1872년부터 1933년 사이에 제작된 약 350기 가운데, 지금까지 남아 있는 것은 고작 100여 기에 불과하기 때문이다. '볼레 발전기'라는 이름은 그것을 만든 '에르네스트 실뱅 볼레'의 이름에서 비롯됐다. 1885년까지만 해도 '볼레'는 단지 형용사였지만, 오늘날에는 '풍력 발전기'를 뜻하는 보통명사로 쓰이며, 매일같이 뉴스에도 오르내리는 단어가 되었다.

그렇게 그림을 그리고 있는데, 마르셀이라는 남자가 다가왔다. 그는 내 옆에 한참을 서서 풍력 발전기에 대한 이야기, 이 지역 귀족 가문의 역사, 그리고 예전과는 너무 달라진 세상에 대해 장황하게 말을 이어갔다. 그는 불가피한 운명에 대해 말할 때마다 두 팔을 하늘로 번쩍 들었다가 천천히 내리거나, 허벅지를 가볍게 치곤 했는데, 그 모습은 힘 빠진 커다란 가마우지를 떠올리게 했다.

"우리 아버지 조르주는 이제 이 세상 분이 아니에요. 정말이라니까요! 숲이 사라지면서 티티새도, 울새도, 슈세트도 하나둘 없어졌어요. 정말 그렇다니까요!"

슈세트? 처음 듣는 이름이었다. 나는 그 단어가 정확한지 다시 물었다. 새 이름 같긴 했지만, 한 번도 들어본 적이 없었다. 그는 눈을 크게 뜨고 이상하다는 듯 내게 되묻듯 말했다.

"네, 슈세트요!"

나는 그 뒤로 몇 년 동안 '슈세트'라는 동물이 뭔지 찾아보려 애썼지만 끝내 알 수 없었다. 나는 슈세트가 머리가 작은 올빼미의 일종으로, 베뤼 마을 근처의 작은 숲속에 사는 새일 거라고 결론 내렸다.

　침낭에서 몸을 일으키자마자, 시장님이자 동시에 튀라조 경찰서장인 인물이 나를 찾아왔다. 그는 신분증을 요구했고, 마지막에는 친근하게 손을 흔들며, 예전에 경기장으로 쓰였던 그 자리를 떠나도 된다고 허락해 주었다. 콧수염 아래 입술은 마치 이렇게 중얼거리는 것 같았다. "속이 다 시원하네!"

　정오 무렵, 나는 샤부르네에 도착했다. 식사를 얻어먹기엔 너무 늦은 시간이었다. 당시엔 오토바이 스포츠클럽인 '모토볼'이 주최한 블롯 카드 대회가 한창이었다. 우승팀에게는 돼지 반 마리가, 나머지 참가자들에게는 소시지 800개가 나눠졌다고 했다. 비록 늦긴 했지만 후회는 없었다. 어차피 난 블롯 카드를 할 줄 몰랐으니까.

　프랑스 파르테네즈 암소의 뿔도 뽑아버릴 듯한 강한 바람이 뺨을 쿡쿡 찔렀다. 낮은 기온에 손가락은 얼어붙을 지경이었다. 오후가 되어 시쎄라 마을의 한 카페에 들어서자, 카페 주인과 다소 독특한 손님이 마주 앉아 열띤 토론을 벌이고 있었다. 지금은 사소하게 들릴지 몰라도, 당시에는 제법 중요한 주제였다. 바로 '배지' 문제였다. 마침 위층에서 파티 준비로 분주하던 주인의 아내가 아래층으로 내려와, 손님에게 다른 카페들에서는 이제 그 유명한 파스티스(아니스 향이 나는 프랑스의 식전주 - 역자 주) 브랜드의 술을 받지 않는다고 전했다. 그 브랜드가 카페에 배지를 제공하길 거부했기 때문이라는 설명이었다. 배지 하나가 사람들의 감정을 뒤흔들었던 것이다.

　당구대 위에는 요플레 로고가 찍힌 월드컵 트로피가 놓여 있었고, 그 옆 벽에는 포스터 한 장이 붙어 있었다. 트라베르손 학교 학부모연합이 주최하는 블롯 카드 대회 안내였다. 다음 주에 열릴 예정인 이 대회의 경품은 칠면조 두 마리, 오리 두 마리, 뿔닭 두 마리, 그리고 토끼 두 마리였다.

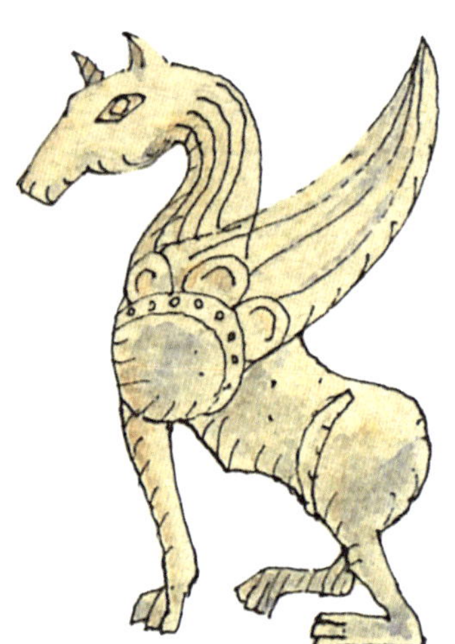

　하지만 나는 또 한 끼를 공짜로 얻어먹는 데 실패했다. 카드 실력도 없고, 텐트 안에서 뿔닭을 어떻게 손봐야 하는지도 몰랐기 때문이다. 아코디언 연주자 프란시스 기용과 그의 위대한 인터내셔널 오케스트라가 함께하는 '춤추는 쿠스쿠스' 저녁 만찬은 사 먹기엔 너무 비쌌다. 결국 나는 물컹한 바게트 조각 하나와 작은 파스타 통조림 하나로 만족해야 했다.

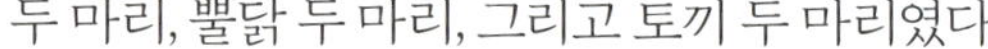

　❋ 샤랑트주의 샹파뉴 생틸레르 교회의 현관 정면에 있는
　　날개 달린 피조물

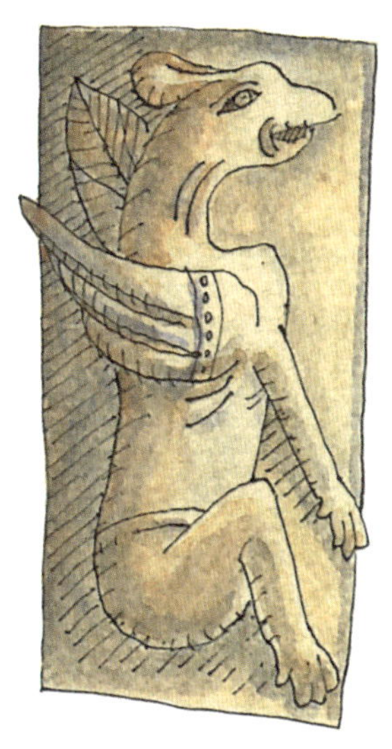

텐트를 칠 장소를 찾기 위해 다시 길을 나섰을 때, 주변을 날아다니는 참새 한 마리를 보았다. 양 날개를 접고 목을 잔뜩 움츠린 채 바람을 거슬러 약 3미터쯤 전진하던 참새는, 이내 날개를 활짝 펼치며 비닐봉지처럼 펄럭이다가 옆으로 방향을 틀어 선회하고 있었다. 그러고는 좀 더 부드러운 바람을 찾으려는 듯 몸을 크레프처럼 납작하게 낮췄지만, 그래도 그 참새가 나보다 더 빨리 날아가지는 못했다.

11월 13일

베뤼주 근처에서 하룻밤을 보내는 동안, 바람이 나뭇잎을 텐트의 지붕 덮개 위로 흩뿌렸다. 나뭇잎들은 미끄러지듯 텐트 위에 내려앉아 이슬을 머금은 채 텐트에 착 달라붙었고, 아침을 맞은 내 텐트는 나뭇잎으로 완전히 위장되어 있었다.

나는 이슬비를 맞으며 국유림을 가로질러 걸었다. 숲속에서 바람이 어디서 불어오는지 알아차릴 수 있다면, 그 사람은 정말 대단히 예민한 감각의 소유자일 것이다. 바람의 숨결은 숲의 경계 지점에서 시작되는데, 그 소리는 쿨롱비에와 루지냥 사이를 지나는 11번 국도를 달리는 자동차 소리와도 비슷했다. 어디서부터 시작되었는지 알아챌 겨를도 없이, 바람은 다람쥐처럼 나무 꼭대기에서 꼭대기로 재빠르게 뛰어다니며, 마치 파도처럼 숲 전체를 울렸다.

한참 오래전(아직 스마트폰도 없던), 그러니까 일종의 준 선사시대였던 그 시절, 프랑스의 농촌 지역에는 두 종류의 마을이 있었다. 하나는 괜찮은 호텔과 카드 공중전화 부스, 그리고 술과 담배만 파는 전형적인 가게가 있는 마을이었다. 또 하나는 호텔은 없지만, 동전 공중전화가 있고 술과 담배는 물론 가스통까지 파는 가게가 있는 마을이었다. 전자는 국도를 따라 위치해 있어 클럽이 주최하는 세련된 댄스 파티나 민속 무도회가 열렸고, 후자는 국도도 호텔도 없는 마을로, 블롯 카드 대회가 열리며 장바구니 하나가 상품으로 걸려 있곤 했다.

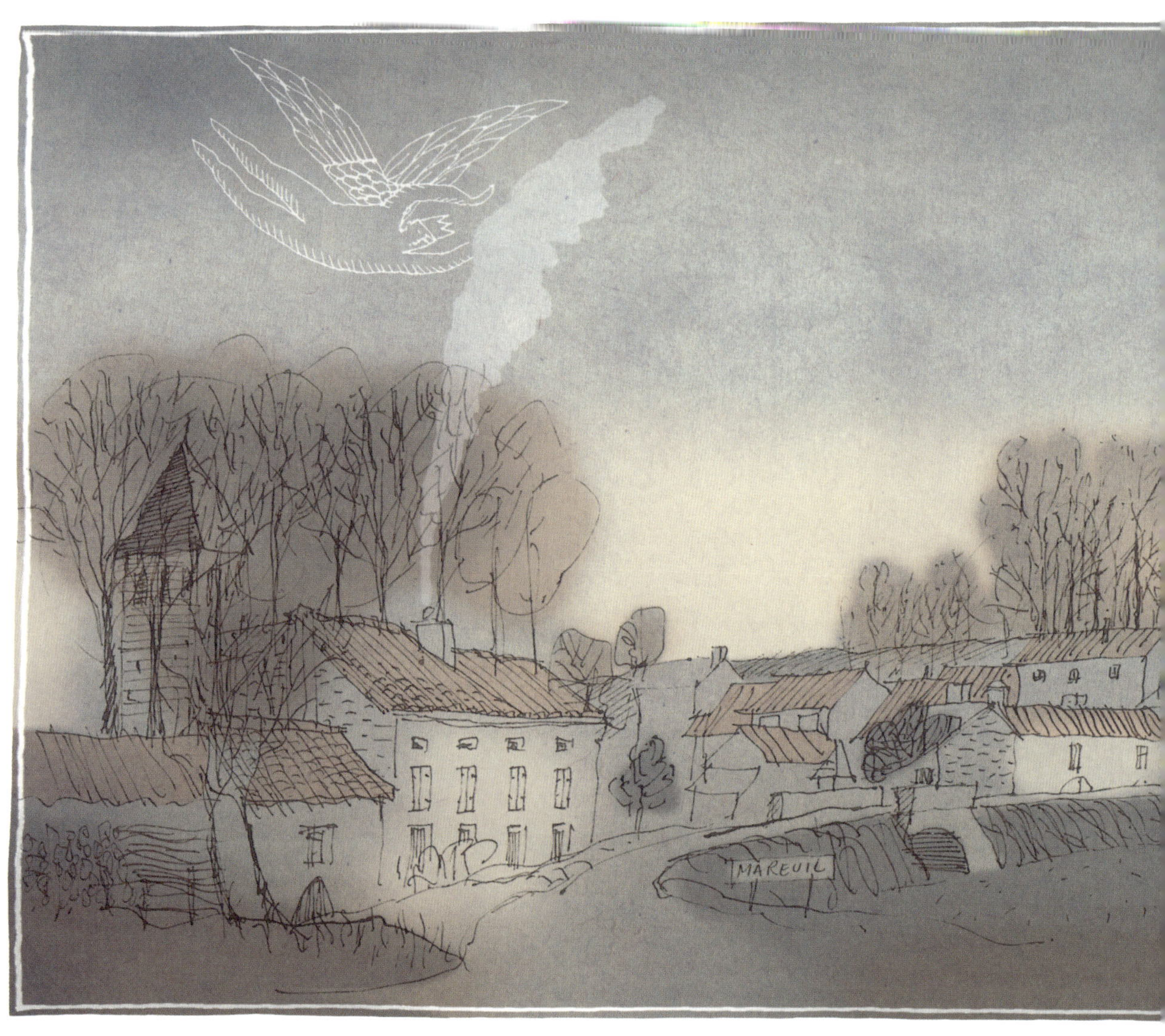

　늦은 오후, 가랑비가 비본으로 향하는 길을 막더니 이내 거센 돌풍으로 바뀌었다. 비에 흠뻑 젖은 데다 어둠이 내려앉기 전에 도시에 도착하려고 서둘렀던 탓에 피로가 한꺼번에 밀려왔고, 나는 상황이 꽤 위급하다고 판단해 역 근처의 허름한 호텔에 방을 잡기로 했다.(그날 밤의 하늘처럼, 그 호텔엔 별이 하나도 없었다.) 여주인은 잠시만 기다리라더니 곧 2호실로 안내했다. 하지만 방은 처참했다. 40와트짜리 전구 하나가 전선에 겨우 매달려 있었고, 벽지는 군데군데 뜯겨나가 거미줄로 덮여 있었다. 개수대에는 정체 모를 얼룩이 남아 있었고, 침대는 푹 꺼져 썰렁했다. 복도 끝에 있는 화장실은 말 그대로 끔찍한 상태였다. 유로화 도입 이전이었고, 나는 80프랑으로 텐트보다는 나은 쉼을 기대했을 뿐이다. 무엇보다도, 20일 넘게 하지 못했던 샤워를 드디어 할 수 있으리라는 희망에 부풀어 있었다.

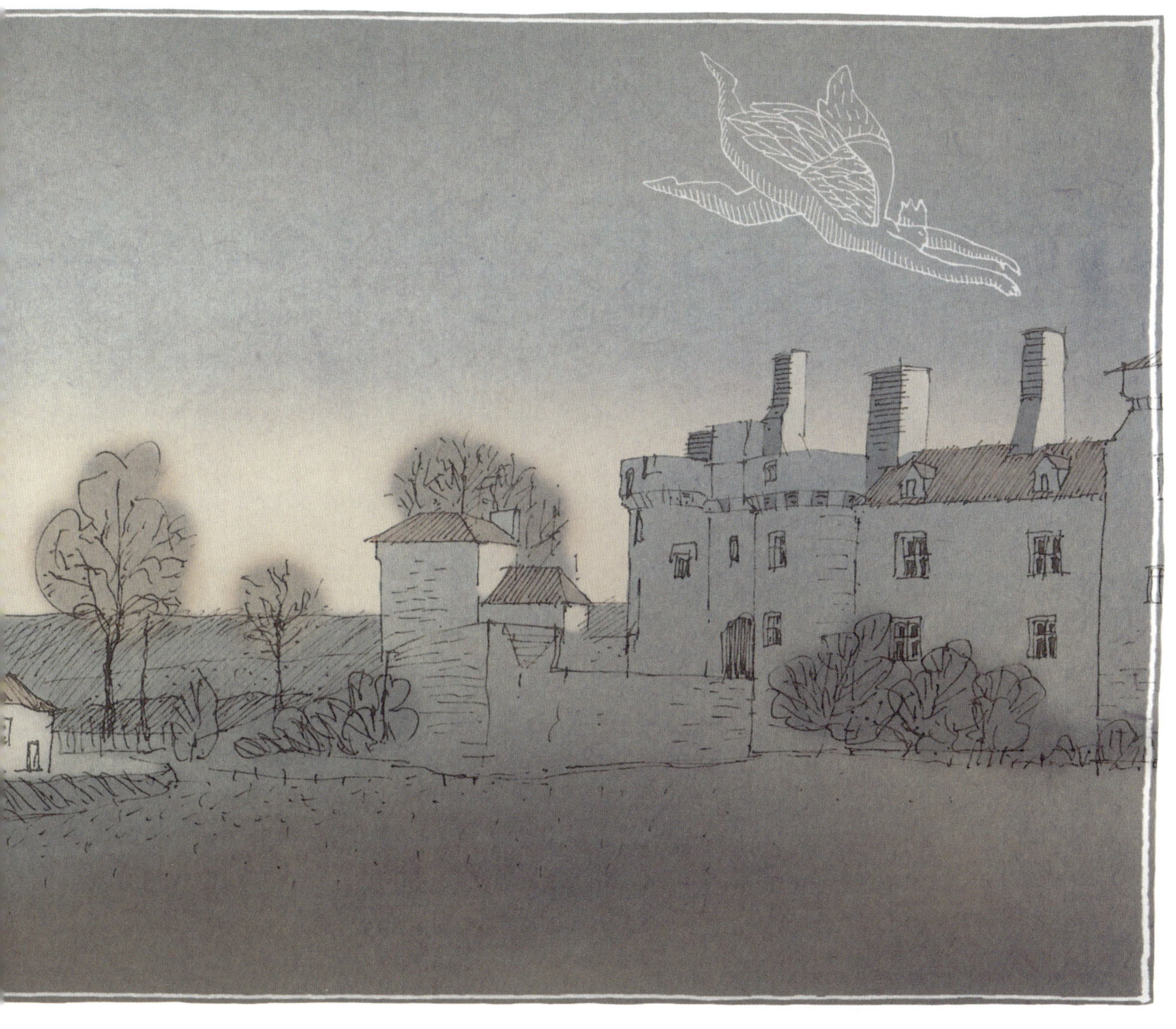

　나는 다시 짐을 챙겨 클랭강 반대편의 넓은 평지에 텐트를 쳤다. 바람은 말 그대로 휘몰아치고 있었다. 계곡을 따라 돌진해 오는 바람 소리는 텐트 안까지 뚜렷하게 울려 퍼졌고, 나는 텐트가 통째로 날아가 세인트 조지 교회의 종탑에 걸려 버릴까 봐 두 손으로 텐트를 꼭 붙잡고 있어야 했다. 그런데 갑작스럽고 낯선 굉음이 점점 가까워지며 다가오더니, 땅 전체가 흔들리기 시작했다. 이번엔 정말로 텐트가 날아가 버릴지도 모르겠다는 공포가 엄습했다. 그 순간 파리와 보르도를 오가는 TGV 열차 한 대가, 텐트에서 불과 20미터도 채 떨어지지 않은 곳을 폭풍처럼 지나간 것이다.

✳ 12월 6일, 도르도뉴의 마레이 엉 페리고르에서 본 가벼운 산들바람

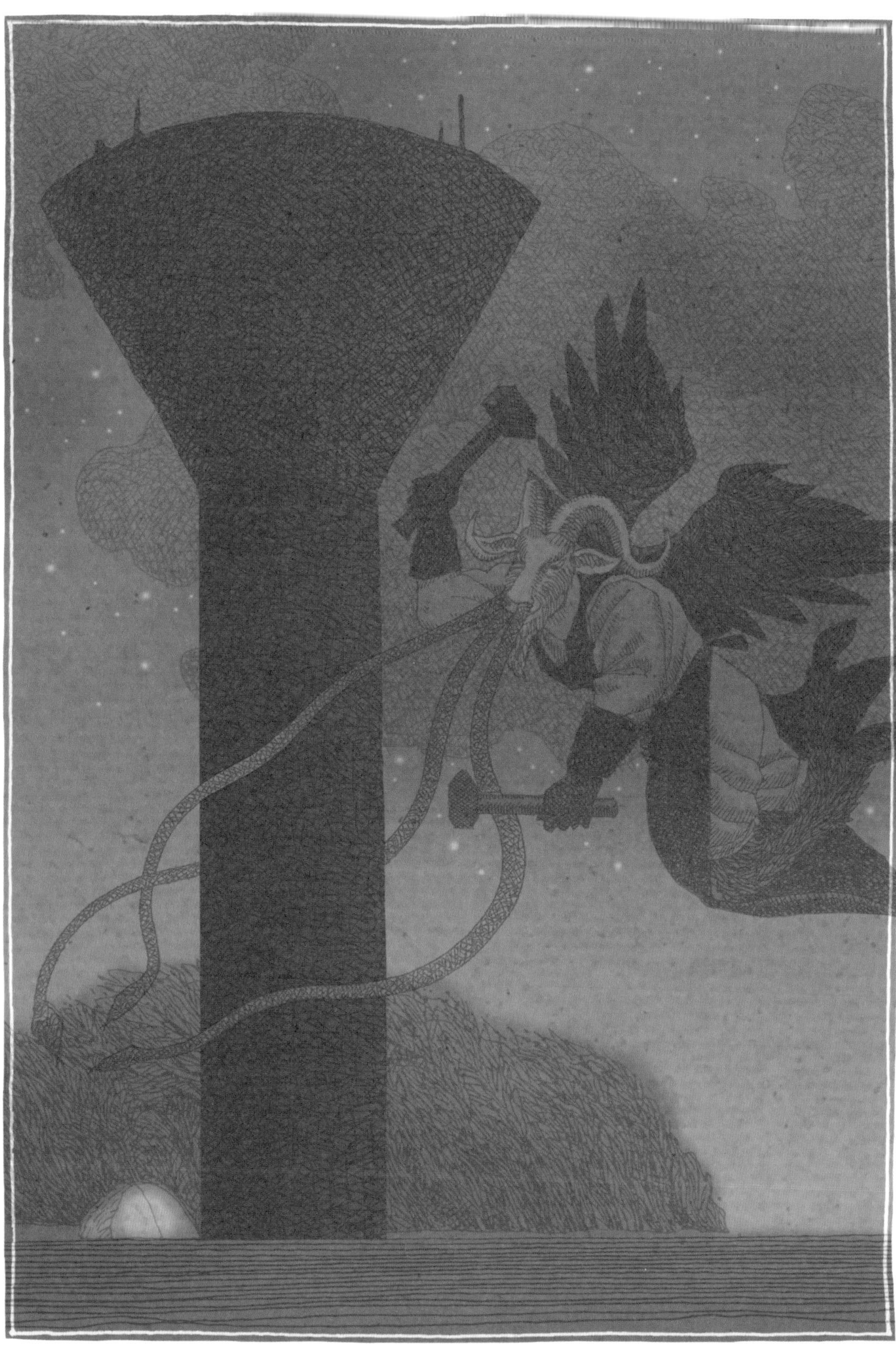

로마뉴의 축구장 가장자리에 길게 뻗은 협죽도 울타리는 밤바람으로부터 나를 보호해 주었다. 스포츠클럽의 본부는 '르 페날티'라는 이름의 카페였는데, 카페 벽면은 번쩍이는 트로피들로 빼곡하게 장식되어 있었다. 10킬로미터쯤 떨어진 시브레에는 성 니콜라스 교회가 있었고, 그곳 로마네스크 양식의 입구 조각은 잠시 발걸음을 멈추고 바라볼 만한 가치가 충분했다. 수많은 피조물은 얽히고설켜 해질 무렵의 부드러운 석양 속에서 마치 살아 움직이는 듯 보였다. 미덕과 악덕이 싸우고 있는 모습에 대해 안내판은 '영혼들의 통제 불능한 투쟁'이라고 설명하고 있었다. 내가 본 조각은 이랬다. 팔이 없는 여인상이 비올라에 가까스로 매달려 있고, 지혜로운 처녀들과 어리석은 처녀들의 비유적인 형상, 원숭이처럼 생긴 괴물이 다리를 벌리고 수치스러운 부위를 드러낸 채 희생 제물을 탐욕스럽게 삼키는 장면. 그리고 마지막으로, 한 여성의 얼굴 아래, 그녀의 목 높이쯤에서 세 개의 주사위를 가리키는 모습이 있었다. 주사위의 숫자는 6, 5, 3. 우연과 운명을 암시하는 듯한 그 숫자들은 '르 페날티' 카페 안에서 손님들이 즐기던 421 게임의 경쾌함과는 정반대의 세계를 말하고 있는 것 같았다.

시브레 지역의 저수탑은 초저녁마다 기침하듯 불어대는 바람을 막아주는 제법 괜찮은 방어막처럼 보였다. 하지만 둥글게 몸을 바꾸며 어디든 스며드는 바람은 결국 저수탑을 휘감아 돌았고, 메트로놈처럼 규칙적으로 텐트의 이중 지붕을 툭툭 두드렸다. 게다가, 코골이 같은 소리로 울려 퍼지는 저수탑 펌프의 굵고 우렁찬 진동은 뜻밖의 불청객이었다.

샤랑주의 작은 도시 뤼펙에 도착해 한 카페에 들어섰다. 이곳은 앞서 들렀던 카페들과는 조금 다른 분위기를 풍겼다. 벽에는 박제된 멧돼지 머리가 걸려 있었고, 커다란 송곳니 사이로는 크리스마스 장식용 볼을 물고 있었다. 그 아래로는 사냥의 순간을 담은 사진 세 장이 나란히 걸려 있었다. 칼스버스 맥주 로고가 박힌 추시계의 긴 바늘은 매 30분마다 에클로르 사의 봉투에 담긴 종자 상품들을 하나씩 스쳐 지나가고, 그 끝에는 부타가즈 가스회사의 달력이 자리하고 있었다. 뤼펙 시 주민들을 불쾌하게 하려는 건 아니지만, 그곳에 처음 들어섰을 때 내가 받은 인상은 좁은 도로, 낡은 주택들, 그리고 양배추 수프 냄새가 어우러진, 약간은 우울한 도시의 풍경이었다.

❋ 고집 세고 교활한 바람이 비엔 지역 시브레의 저수탑을 에워쌌다.
❋ 빈의 베루지 마을의 풍향계

그럼에도 시 중심부에 세워진 안내 표지판은 도시의 찬란한 미래를 이렇게 에 견하고 있었다. '뤼펙. 인구 10만의 도시. 대서양 연안 지역의 중심에 위치. 현재와 미래의 유럽, 그리고 세계 경제의 요충지 역할 수행.' 2000년대가 되기 전까지만 해도, 이 문구를 의심하는 사람은 거의 없었다. 그 후, 뤼펙은 좀 더 소박한 기획을 검토하게 된다. 꽃으로 유명한 도시와 마을들의 국가위원회를 통해 두 종류의 꽃을 제공받으면서부터이다.

도시를 떠날 때, 베르퇴이유 쉬르 샤랑트의 농업 협동조합 근처에서 경찰이 내 신분증을 확인하는 것으로 뤼펙 방문은 조용히 마무리되었다. 하지만 방랑자의 여정은 여전히 달콤했다. 스무 살의 나는 종아리도 단단했고, 헤어스타일도 자유로웠으며, 치아도 튼튼했다. 나는 공기처럼 가벼웠고, 희망이 가득한 길가에서 주운 사과를 우걱우걱 씹으며 걷곤 했다.

나는 셰 마뇨 근처, 샤랑트 강가에서 하룻밤을 보내기로 했다. 생 프롱과 무통에서 그리 멀지 않은 곳으로, 강과 지류가 만나는 지점이었다. 지명으로 시를 지어 보는 것만으로도 나는 충분히 행복했다. 바람이 얼굴을 스치며 분칠하듯 양 볼을 지나갔고, 나는 기분 좋은 장난을 당한 듯 천사들을 향해 웃어주었다. 바람은 나를 놀리고, 나도 바람을 놀렸다. 그중 하나는 '아마리조'였다. 뇌빌뒤푸아투 마을에는 바람의 이름을 딴 도로가 있다. 대서양 연안에서 밀바슈 고원까지 나와 여정을 함께 한 '바닷바람(Air-Marin)'이라는 도로이다.

11월 20일

아침 출발은 예상보다 한 시간가량 늦어졌다. 밤새 내린 비로 들판에 쳐 두었던 텐트를 걷는 일이 어려웠기 때문이다. 길을 나섰을 땐, 흐린 하늘 아래 이슬비가 흩뿌리고 있었고, 점점 구릉이 많아지는 시골 풍경은 마치 붉은 녹이 슬어가는 듯한 빛을 띠고 있었다.

세르라는 마을을 지나던 중, 자동차 한 대가 내 앞에 멈춰 섰다. 운전자는 창을 내리고, 타고 가지 않겠냐고 물었다. 간단히 통성명을 나눈 뒤, 그는 나를 다른 사람으로 착각했다는 사실을 솔직하게 털어놓았다. 그는 자신의 집 마당에 텐트를 치면 어떻겠냐고 제안했고, 나는 기꺼이 수락했다. 그의 집에 도착하자 식전주가 먼저 나왔고, 이어 자연스럽게 가족과 저녁 식사까지 함께하게 되었다. 그의 아들은 편도선이 부어 있었고, 할아버지는 예전에 이 지방의 시장을 지내셨다고 했다.

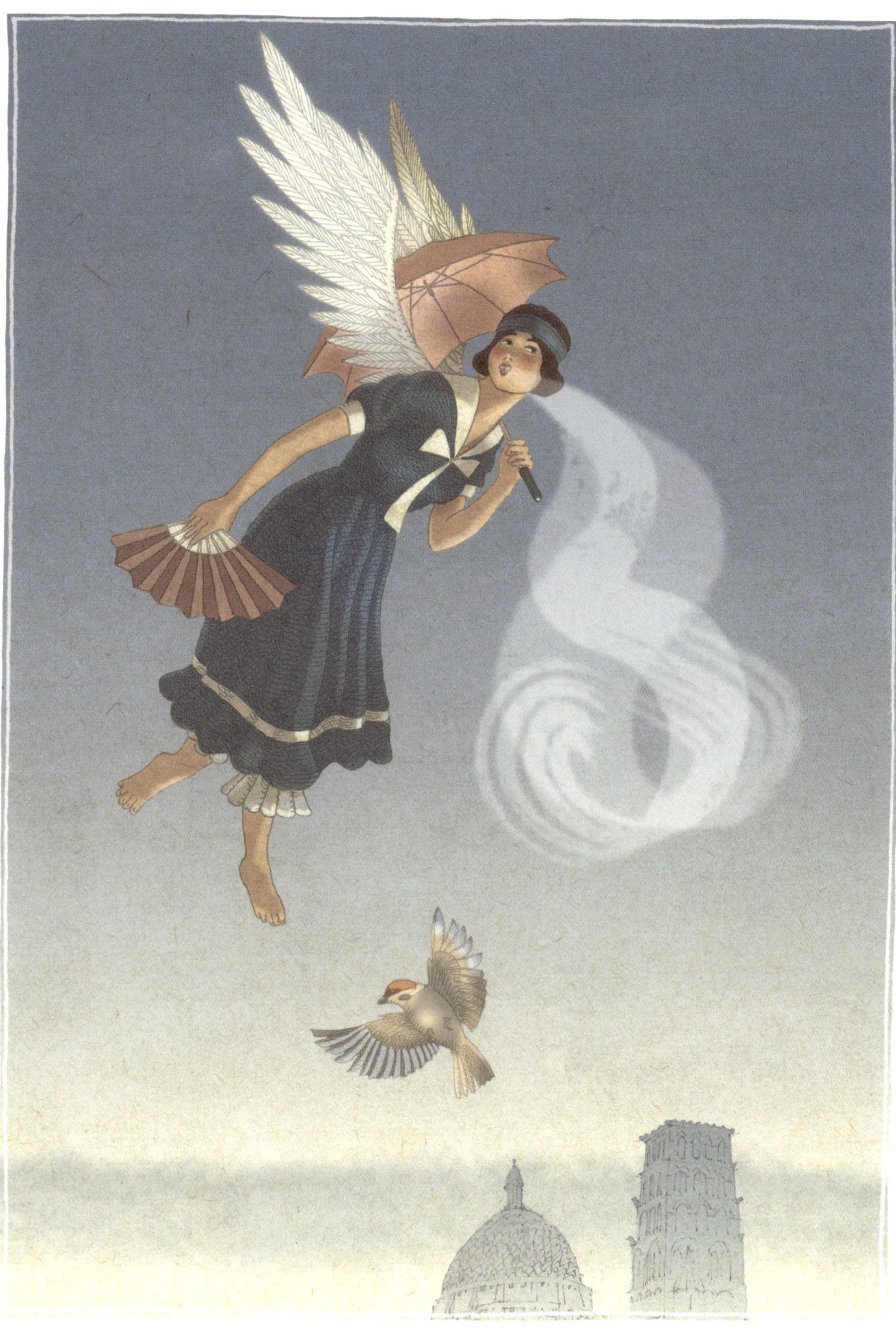

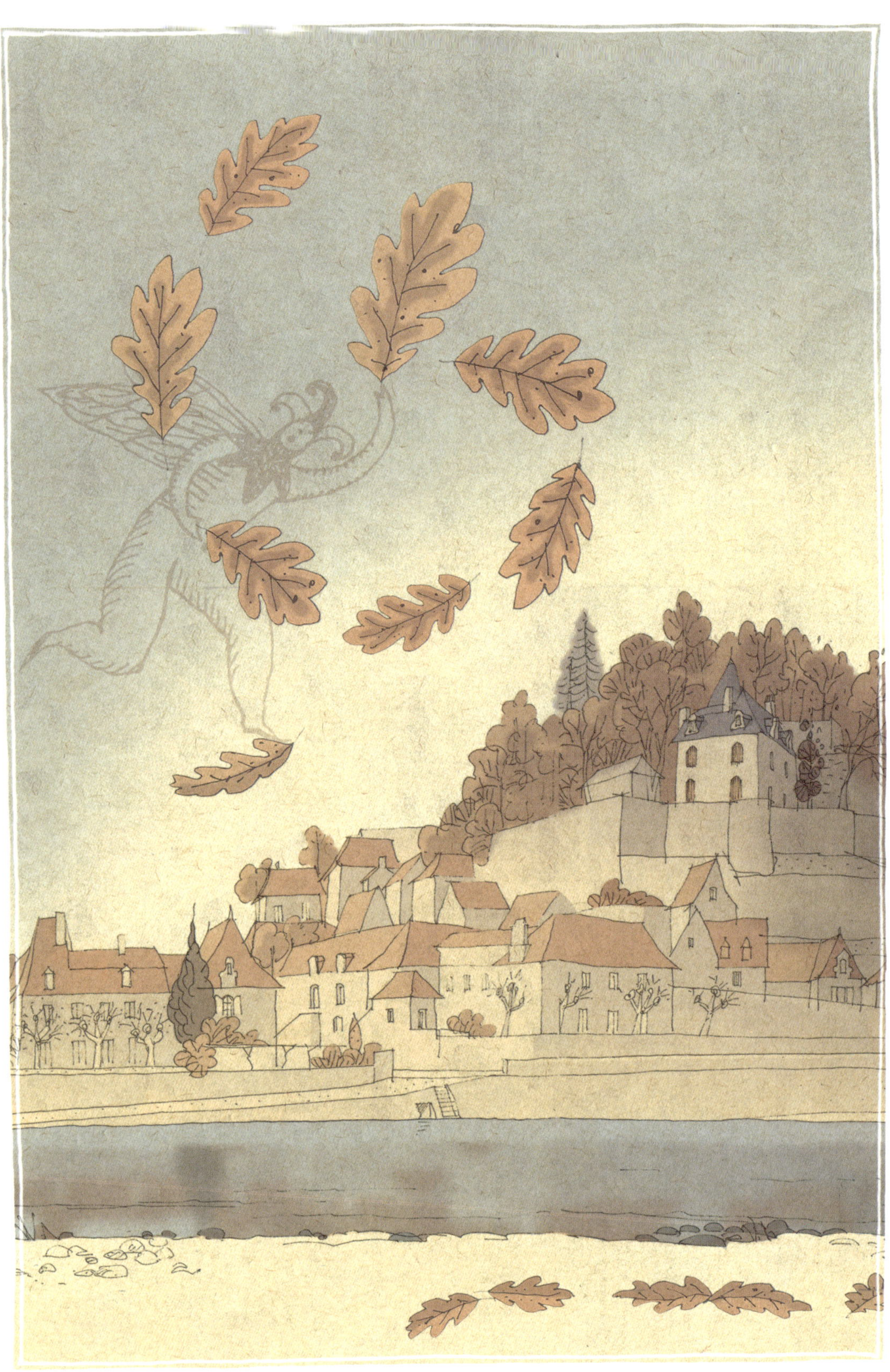

브랑톰 엉 페리고르 수도원의 18세기식 정원에서 보낸 밤은 무척 상쾌했다. 나는 추위에 덜덜 떨면서도 머리를 텐트 밖으로 내밀었다. 새하얀 서리가 잔디를 온통 뒤덮고 있었고, 김이 모락모락 나는 드론강에서 헤엄치고 있던 오리들이 꽥꽥거리는 소리가 계곡에 울려 퍼지고 있었다. 섬에 웅크리듯 자리한 마을의 굴뚝에서는 수직으로 연기 기둥이 올라오고 있었고, 나뭇잎들은 움직이지 않았다.

1805년, 영국의 해군제독 보퍼트가 발명한 '보퍼트 풍력 계급표'는 해상과 육지에서 바람의 평균 세기를 측정하는 기준인데, 오늘처럼 바람이 전혀 없는 상태는 바로 '고요'에 해당했다. 페리귀로 가는 도중에도 공기는 여전히 수정처럼 맑고 투명했지만, 보퍼트 표에 따르면 그때는 이미 1단계, '실바람'이 불고 있었다. 나뭇잎의 잎자루는 얼어붙어 유리처럼 부서졌고, 저녁 무렵이 되자 바람은 2단계 '가벼운 미풍(남실바람)'으로 바뀌었다. 이 정도면 얼굴로 느낄 수 있고 풍향계가 천천히 움직이기 시작하는 단계다. 나뭇잎들이 바람을 따라 흔들리다 하나둘씩 떨어지기 시작했다. 그제야 나는 겨울이 진짜로 왔다는 사실을 실감하게 되었다.

칼레에서 새벽녘 바라본 도르도뉴의 장엄한 풍경은 숨이 멎을 듯한 감탄을 자아냈다. 따뜻한 햇볕을 받으며 트레몰라라는 작은 마을로 접어든 나는 담뱃잎을 뜯어내는 작업을 한참이나 지켜보았다. 수확한 담뱃잎은 거꾸로 매달아 장작불로 말리는데, 11월이 되면 아래쪽, 중간, 위쪽 잎을 줄기에서 조심스레 분리하고, 이 중 윗잎은 분쇄되어 밭의 비료로 다시 돌아간다.

아름다운 리므유 마을에 도착한 나는, 베제르강과 도르도뉴강이 만나는 오래된 항구 근처에서 유리 세공사 말레무슈 씨와 한참을 웃으며 담소를 나누었다. 11월 늦가을, 손님 하나 없는 카페의 테이블 두 개 중 방수포가 깔린 쪽에 앉아 매일 일지를 쓰는 것이 내 일상이 되었다. 이곳 사람들은 숫자 다섯 개를 조합하는 '콰인'이라는 복권을 즐겼는데, 원리는 로또와 비슷했다. 음식은 기름진 것이 유난히 많았다. 새끼 돼지, 거위, 오리, 칠면조까지! 그곳에서는 모든 것에 기름기가 흘렀다. 심지어 초원의 풀과 이끼 낀 지붕마저 번들거리는 것처럼 보였다.

바람은 어느 날 하늘을 말끔히 쓸어내고는 빗자루를 든 채 오베르뉴 산맥 속으로 숨어버렸고, 나는 우체국 거리의 플라타너스 아래에서 장난기 가득한 바람 '폴레'를 다시 만났다.

❋ 리므유의 장난꾸러기 바람 '폴레'가 재주를 부리고 있다. (도르도뉴)

소용돌이치듯 장난을 치는 바람 탓에 가을 낙엽은 왈츠를 추듯 흩날렸고, 여름날의 먼지들도 빙글빙글 춤을 추듯 휘돌았다. 이런 바람들 중에는 이제 은퇴해 아무것도 아닌 것에서 즐거움을 찾으며 소일하는 옛 바람들도 많았다. 힘을 제대로 쓰지 못하는 다른 바람들 역시, 마을 어르신들의 표현을 빌리자면 '재취업'을 위해 애를 쓰곤 했다. 그중 한 바람은 파리 오데옹 극장의 환풍기 자리를 얻기 위해 상경했지만 결국 실패했고, 또 다른 바람은 북서부의 한정된 지역에서 성(聖)주간(기독교에서 예수 그리스도의 수난과 부활을 기념하는 주간-역자 주) 동안만 일할 수 있었다. 지루함에 지친 그 바람은 억수 같은 봄비가 쏟아진 후 목을 맨 채 발견되었다.

11월 29일

샤를라 라 카네다 시 북쪽에서의 하루는 안개가 약간 끼어 있었지만 햇살이 가득했다. 공기 중에는 버섯을 채취하는 가을날의 향이 배어 있었다. 나는 과거의 유적을 잘 복원해 놓은 돔 마을에 도착했다. 세 곳의 가게에서 파는 지역 특산 먹거리들은 너무 비쌌고, 일반 식료품점들은 공사 중이라 문을 열지 않았다. 그러다 문을 연 한 카페에 들렀는데, 그곳에서 사지 않기를 정말 잘했다는 사실을 알게 되었다. 수다스러운 웨이트리스의 말에 따르면, 그 가게들은 형편없는 물건들을 터무니없는 가격에 팔고 있다고 했다. 카페 안쪽 벽에는 수백 개의 배지가 검은 천에 꽂혀 있었고, 그 천은 금색 액자로 멋지게 둘러져 있었다. 카운터에 느긋하게 누워 있던 고양이의 이름도 하필이면 '배지'였다. 나는 다시 텐트로 돌아와 눅눅한 바게트 조각과 작은 파스타 캔 하나로 저녁을 때웠다.

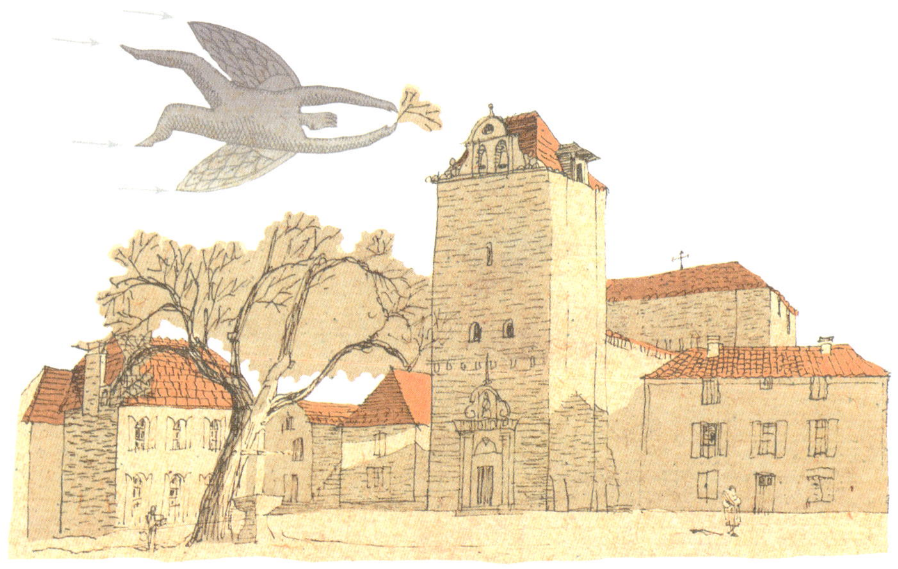

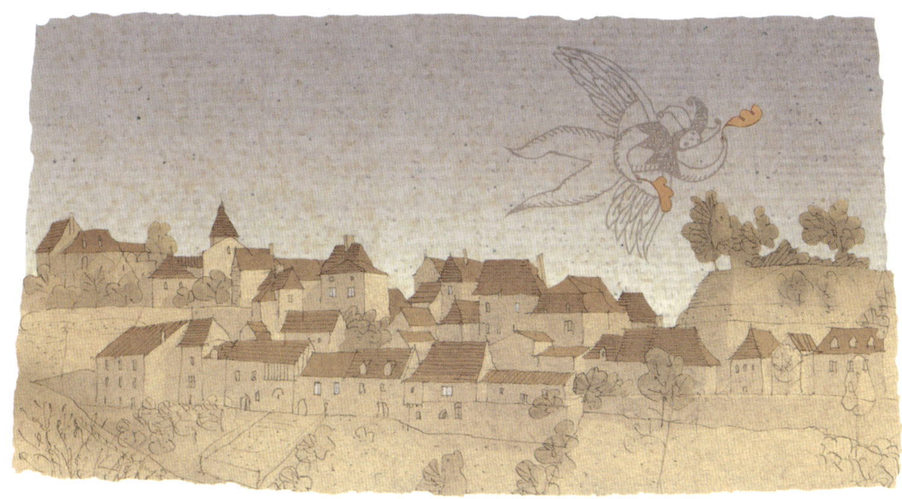

11월 30일

　돔의 성곽이 파노라마처럼 내려다보이는 주차장은 밤새 든든한 바람막이가 되어주었다. 나비라 지역을 지나 롯 마을에 들어서자, 남서쪽에서 '오탕'이라는 강한 바람이 불어왔다. 바람은 곳곳에 빗방울을 흩뿌렸고, 이윽고 거대한 먹구름이 밀려들며 바람을 몰아내더니 곧 억수 같은 비가 쏟아졌다.

　외로움은 견딜 만했고, 변덕스러운 날씨에도 이젠 제법 익숙해졌지만, 몸을 녹일 수 있는 따뜻한 공간에 있다 보면 친구가 그리워지는 건 어쩔 수 없다. 그래서 나는 라디오 프로그램 '천 프랑 게임'의 녹음을 보기 위해 오후 내내 구르동에 머물렀다. 녹음실은 포근했고, 루시앙 쥐네스가 더블 슈트를 입고 나타나 "친애하는 친구들, 안녕하세요!"라고 외쳤을 때, 나는 그 인사말이 진정으로 나를 위한 것이라고 느껴졌다. 그 세 마디는 주문처럼 나를 단번에 과거로, 아니 우리 모두의 지난 날로 돌려놓았다. 나는 게임 참가자 선발에는 나서지 않았다. 하지만 가장 쉬운 질문 몇 개만 맞춰도 최소 100프랑은 받을 수 있다는 걸 미리 알았더라면, 아마 참가를 진지하게 고민했을지도 모른다. 하지만 타고난 수줍음은 둘째치더라도 진흙으로 얼룩진 바지와 너덜너덜한 스웨터, 지저분한 수염을 달고 무대에 서는 내 모습은 상상이 되지 않았다.

✳ 트레몰라의 바람(도르도뉴)
✳ 리프유에서 만난 장난꾸러기 바람 '폴레'(도르도뉴)
✳ 다음 페이지: 카스텔노 몽트라티에 샌트 알로지에서 본 장난꾸러기 바람 '폴레'(롯)

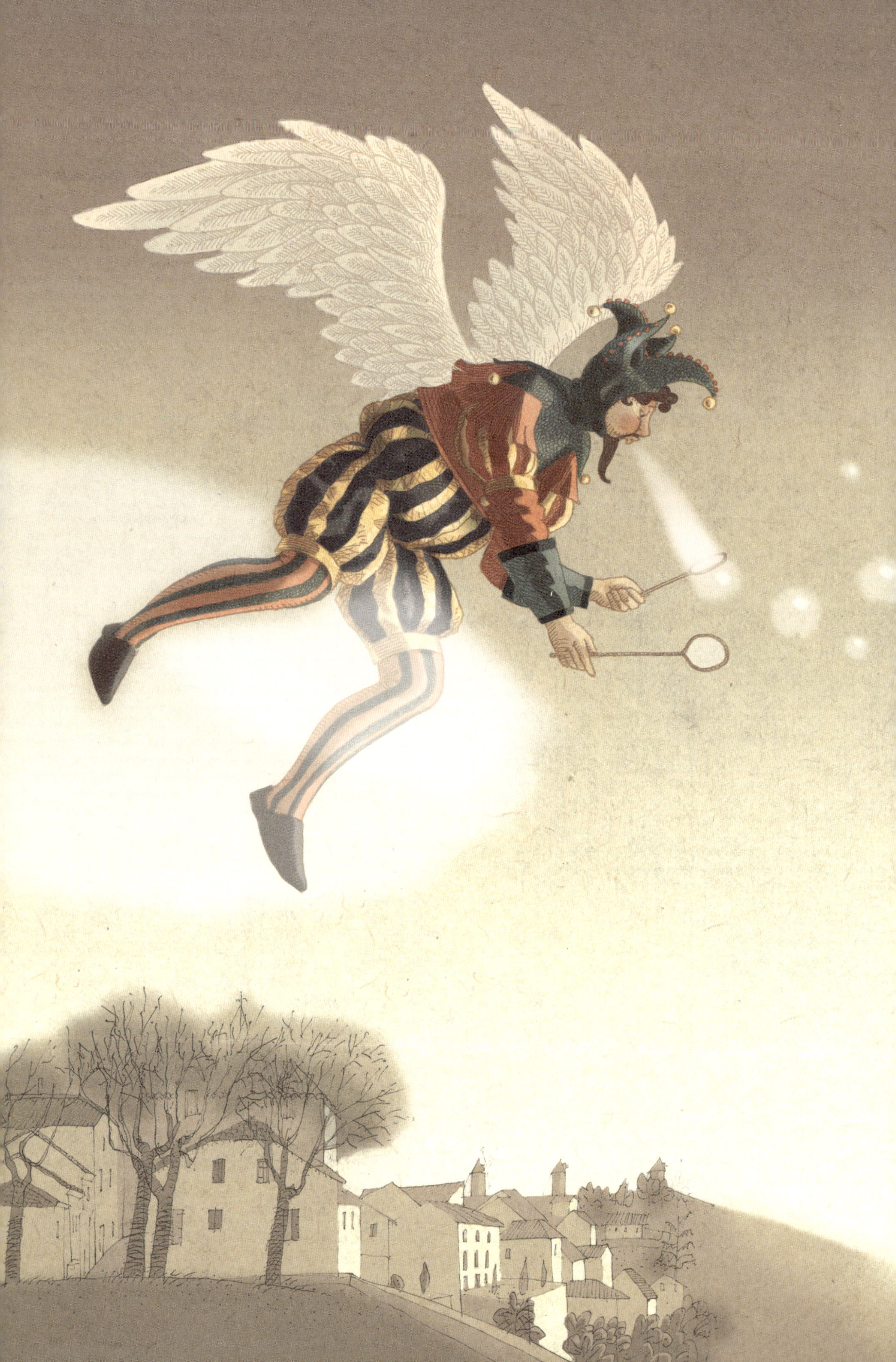

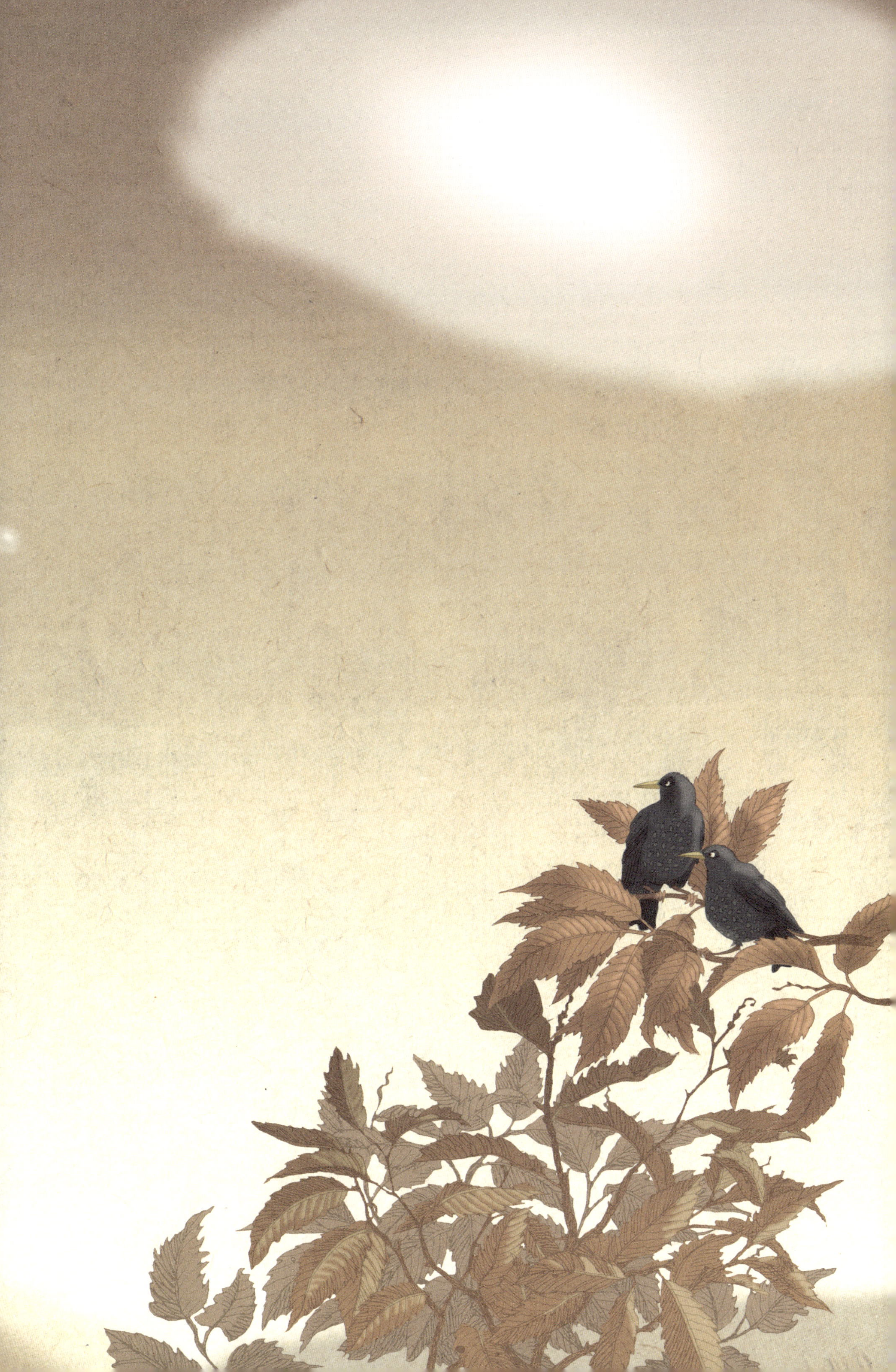

진행자는 마지막으로 오페레타 한 곡을 들려주는 너그러움을 보인 뒤, "원하시면 우리 월요일에 만나요!"라는 인사로 프로그램을 마무리했다. 그런데 그다음 월요일, 나는 정말 그를 다시 보지 못할 뻔했다. 전날, 쾨르시 산지의 페크 알라르에서 거의 죽을 뻔한 일이 있었기 때문이다. 농장을 가로지르는 길을 걷고 있는데, 갑자기 사나운 개 다섯 마리가 튀어나왔다. 가장 작은 녀석은 내 바지를 물고 늘어졌고, 가장 큰 놈은 내 가방을 씹어댔다. 나는 가방을 빙빙 돌려 힘껏 던졌지만 효과는 없었다. 그 순간, 고르동의 네즈 예배당에 계신 성모마리아에게 이 개들을 물리칠 수 있게 해달라고 기도했다.

다음 날 아침, 생 제르맹 뒤 벨 에르의 휴게소에서 나는 여전히 살아 있는 내 몸을 확인했고, 생명수처럼 맑은 이슬에 신의 가호를 빌었다. 하지만 그 이슬은 텐트를 접는 동안 내 손가락을 얼어붙게 만들었다. 텐트의 이중 지붕은 마치 종잇장처럼 구겨져 있었다. 오후가 되자, 멀리 몽타멜의 수평선 위로 뾰족한 지붕 하나가 눈에 들어왔다. 해발 442미터 지점, 마키 전투 기념관 근처에 자리한 작은 풍차였다. 인근의 캬오흐 캠핑장은 겨울철이라 문을 닫은 상태였지만, 아무도 오지 않을 것 같아 나는 그곳에 텐트를 쳤다.

그런데 한밤중, 예상치 못한 펑크족 무리가 들이닥쳤다. 까칠하기로 유명한 캬오흐 토박이들을 한겨울 잔디밭에서 마주치다니, 상상도 못한 일이었다. 이미 꽤 취한 그들은 30미터 떨어진 텐트에서 영국 록밴드 모터헤드의 음악을 카세트로 틀어놓고 있다가 나를 불러들였다. 의사소통을 위해, 나는 남은 밤을 그들과 함께 캔맥주를 나눠 마셨다. 그들의 거친 목소리를 듣는 동안, 나 역시 어쩌면 펑크족인지도 모르겠다는 생각이 들었다. 자신감이 충만해진 나는, 네 발로 기다시피 텐트로 돌아와 그대로 잠이 들었다.

다음 날 아침, 머릿속이 몽롱한 상태로 그 유명한 발랑트레 다리 위를 산책했다. 다리의 악마 조각상이 이상한 눈빛으로 나를 바라보는 듯했다. 전날 과음을 사과하는 마음으로, 나는 시립 도서관에서 반나절을 보내며 바람에 관한 오래된 총서 한 권을 찾아 읽었다. 제목은 《아틀라스 및 그 풍속도, 또는 일명 나침반이라 불리는 해양 사분면과 바람에 대한 설명》(1650)이었다.

❋ 12월 4일 시유락에서 본 남서풍 '오탕' (롯)

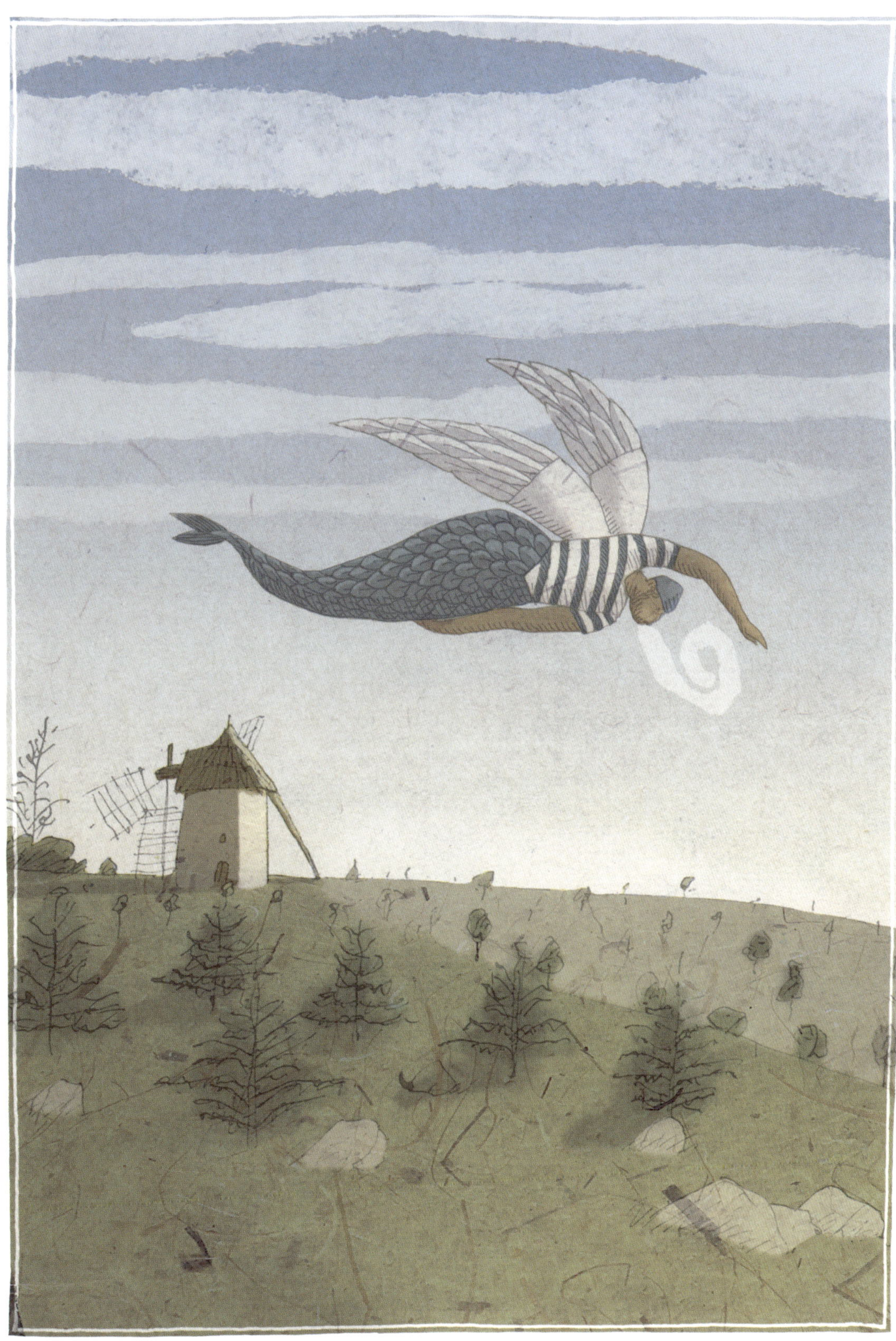

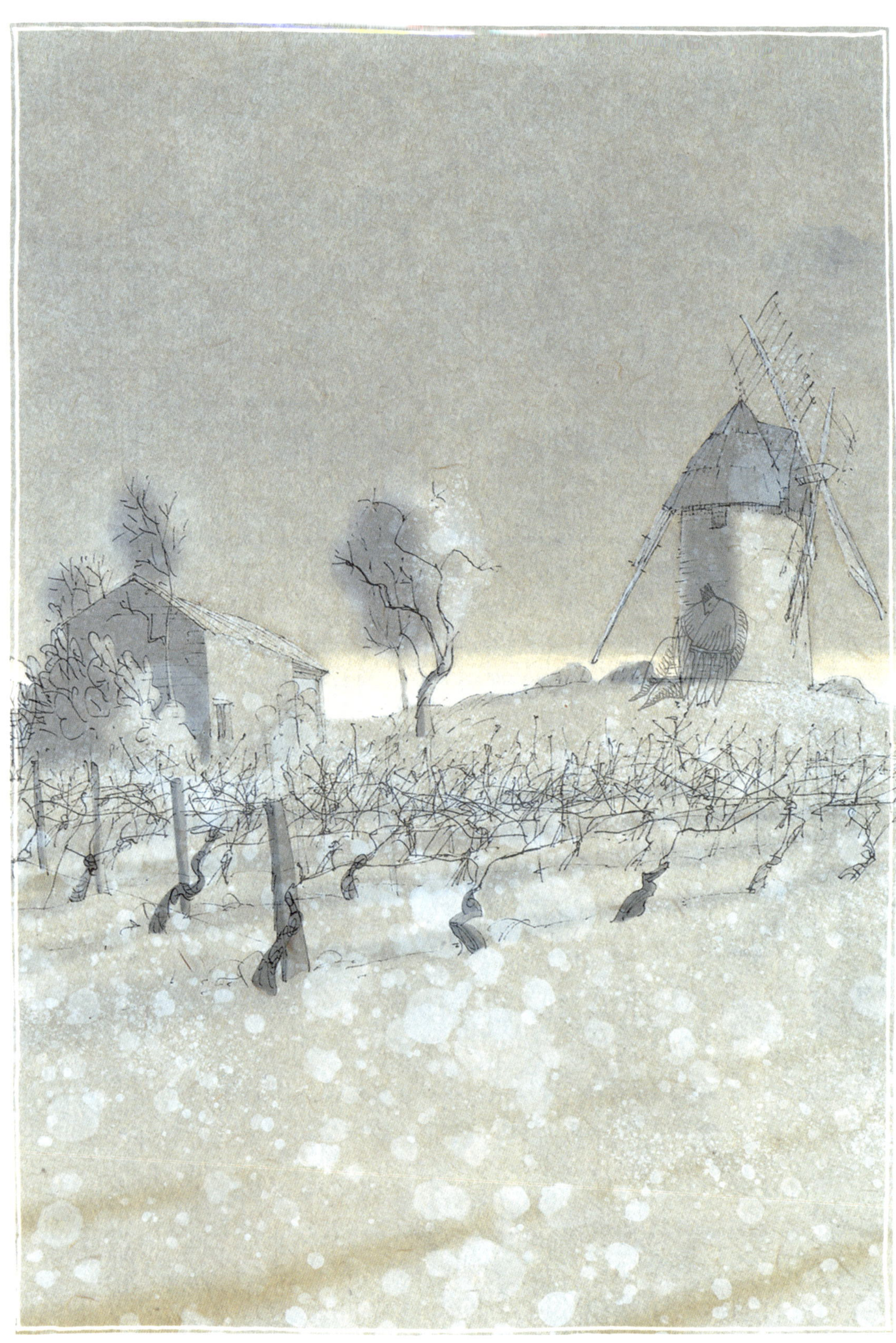

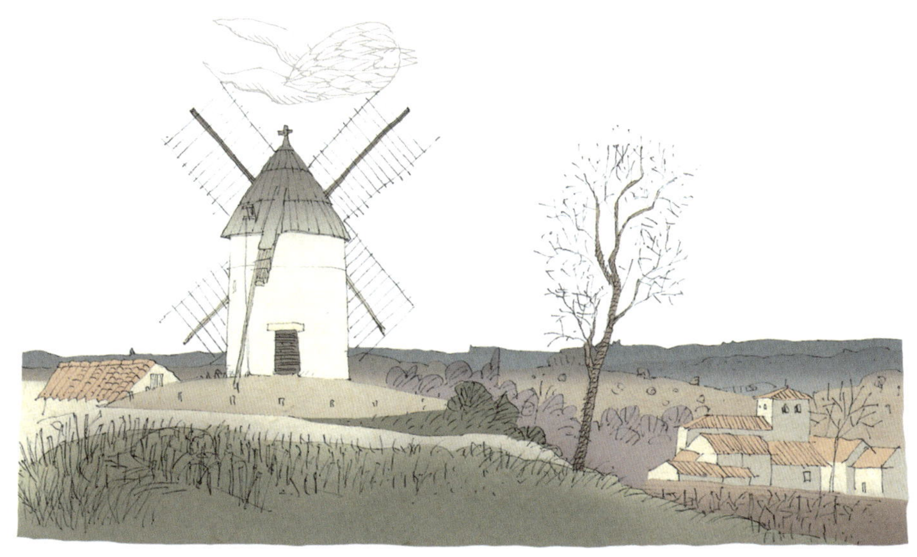

12월 4일

나는 마을의 한 여성에게 물통에 물을 좀 담아갈 수 있을지 조심스레 물었다. 날씨가 여전히 매서웠기에, 그녀는 흔쾌히 허락해 주었고, 자기 담배 가게에서 따뜻한 커피 한 잔도 마시고 가라며 권했다. 가게는 아담하고 사랑스러운 분위기였다. 식당처럼 구획이 나뉜 선반 위층은 담배 가게로, 아래층은 우체국 역할을 하고 있었다.

그 여주인은 1813년, 언덕 위에 있던 풍차가 어떻게 조금씩 지금의 위치까지 옮겨졌는지에 대해 들려주었다. 그 언덕은 번개가 자주 치는 곳이라 예부터 사람들이 불안해했다는 이야기였다. 그런 지역의 작은 전설 같은 이야기를 들으며 나는 몸도 마음도 편안하게 재충전했고, 감사한 마음으로 가게를 나섰다. 세상은 고요했고, 바람은 모든 날개를 접은 채 풍차에 기대어 늦잠을 즐기고 있는 듯했다.

12월 9일

밤의 추위는 매서웠고, 아침이 되자 플라스틱 물병 속 물이 꽁꽁 얼어 있었다. 오후에는 소나무 껍질로 이것저것 만들며 햇볕 아래에서 빈둥거렸더니 몸이 좀 따뜻해졌다. 나는 작은 날개가 달린 인형들을 조각해, 매일 아침 야영지를 떠나기 전에 그 자리에 남겨두곤 했다. 그렇게 자연에 무언가를 바침으로써 그 은혜를 돌려빚고자 한 나름의 의식이었다.

＊ 바람이 부아스의 풍차에서 늦잠을 자고 있다.(도르도뉴)

비락에는 밤이 깊어서야 도착했다. 추위를 피할 수 있는 평지를 찾아 헤맸지만 마땅한 곳이 없어 결국 작은 학교의 처마 아래에 자리를 잡고, 아침이 되기 전 조용히 떠날 요량으로 잠자리에 들었다. 하지만 이른 아침, "선생님! 학교에 텐트가 있어요!"라는 외침에 눈을 떴고, 나는 부랴부랴 텐트에서 나와 여선생님에게 사정을 설명했다. 처음에는 당황한 듯한 그녀의 눈빛이 이내 동지를 만난 듯한 미소로 바뀌었다. 나는 따뜻한 커피를 한 잔 얻어 마셨고, 그에 대한 작고 달콤한 벌로 수업 시작 후 15분 동안 전교생이 한 반뿐인 그 학교 아이들 앞에서 내 여행 이야기를 들려주게 되었다.

그날 나는 한결 가벼운 발걸음으로 카르모를 향해 걸었다. 하지만 그곳의 분위기는 왠지 무겁고 불편했다. 벽에 쓰인 경고 문구들, 가로등에 걸린 헬멧 쓴 광부가 그려진 검은 깃발들이 사라져 가는 광산과 그에 대한 저항을 말없이 외치고 있었다. 한때 이 도시는 장 조레스(20세기 초 프랑스의 사회주의 운동가-역자 주)에게 특별한 의미를 지닌 곳이었다.

도시를 벗어나려는 길목에서 나는 다시 한 번 경찰의 검문을 받았다. 신분증을 내밀고, 도보 여행 중이라는 사실과 프랑스 전역에 걸친 내 경로에 대해 구구절절 설명해야 했다. 아침의 따뜻한 학교와는 달리, 이번엔 커피 한 잔조차 얻지 못했다.

✳ 코르드 쉬르 시엘에서 가벼운 미풍의 간지럼힘에 텐트가 떨리곤 했다.(타른)
✳ 다음 페이지: 브루스 르 샤토 상공에 부는 '오탕'(아베롱)

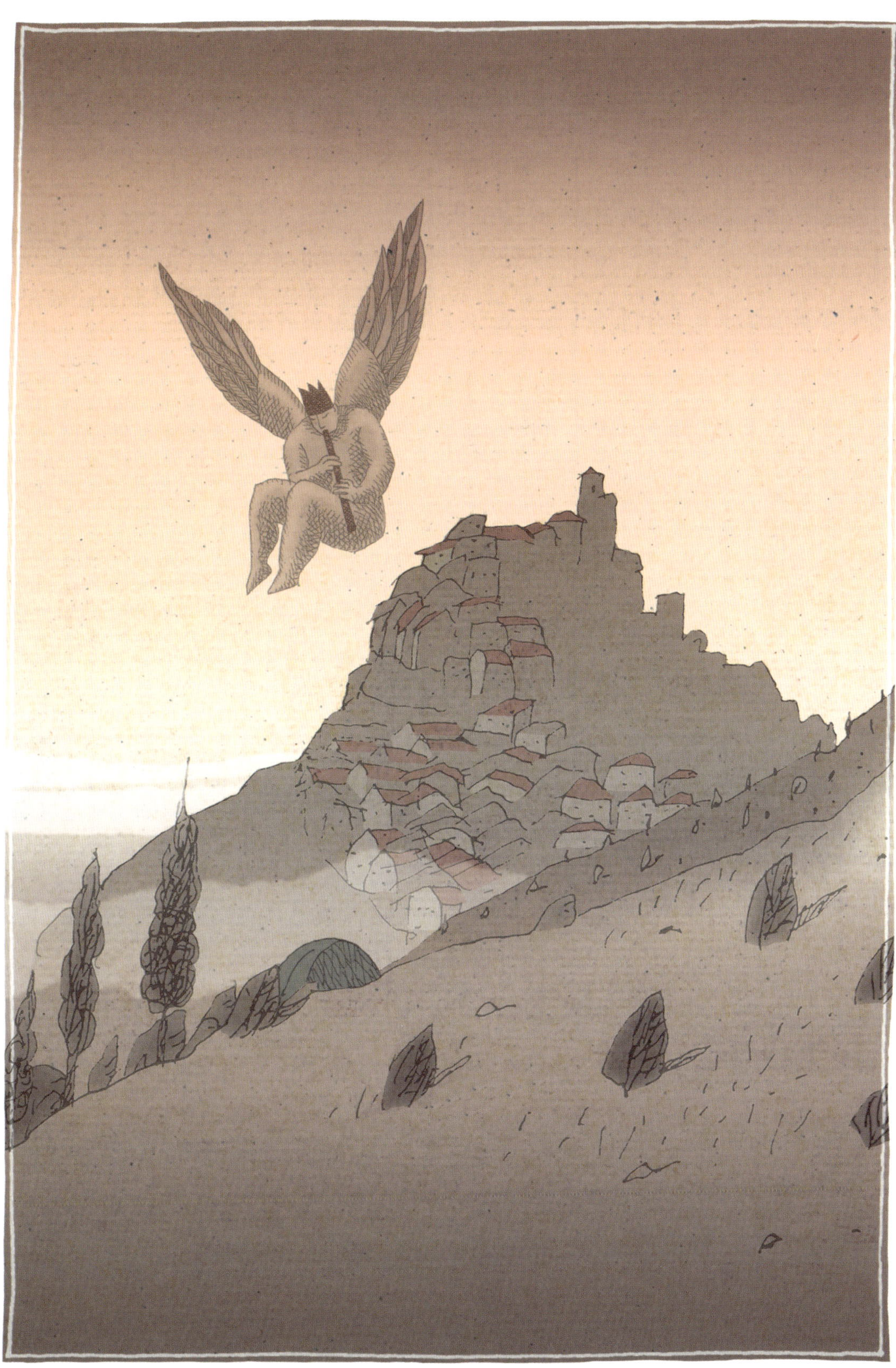

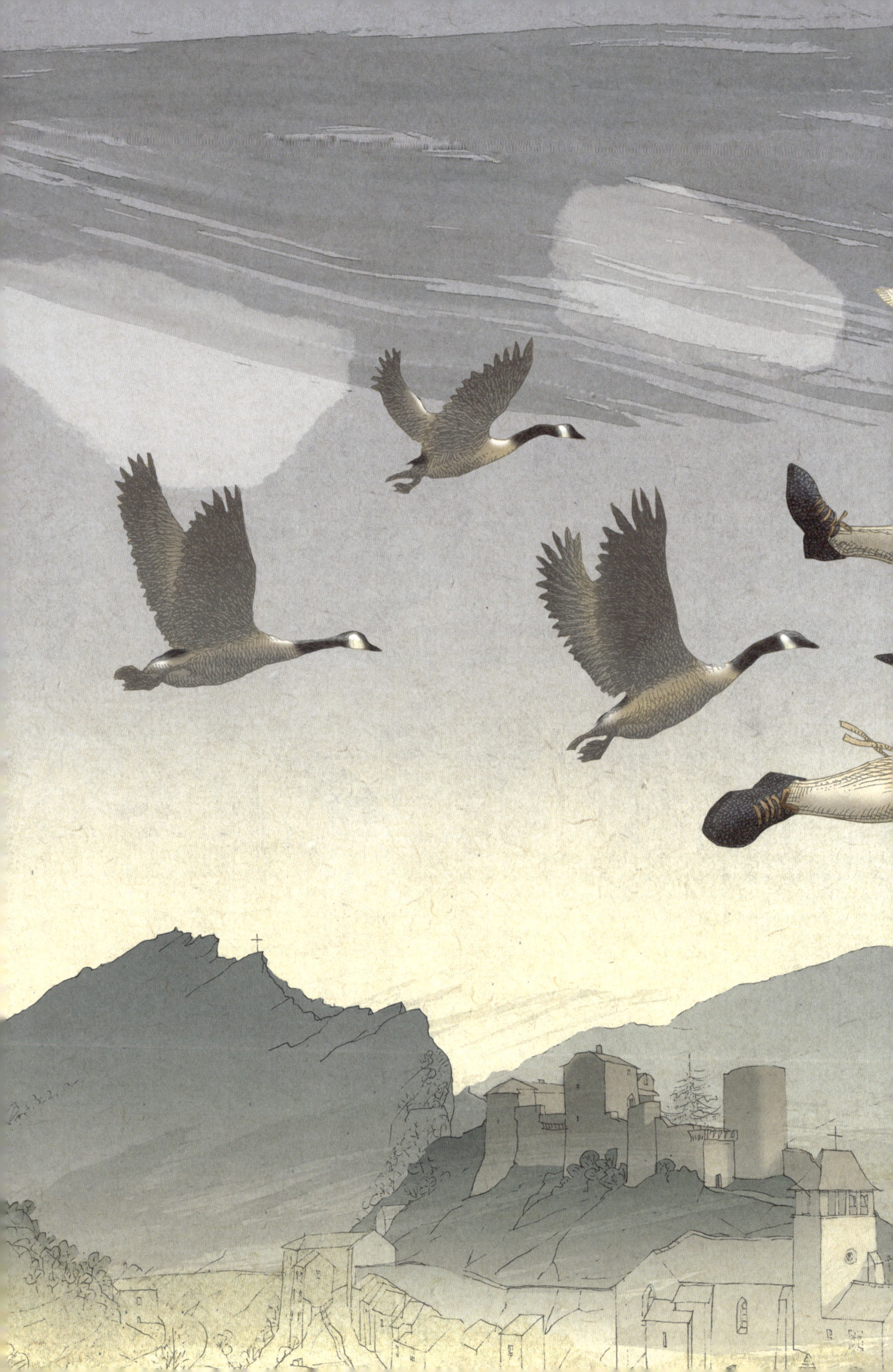

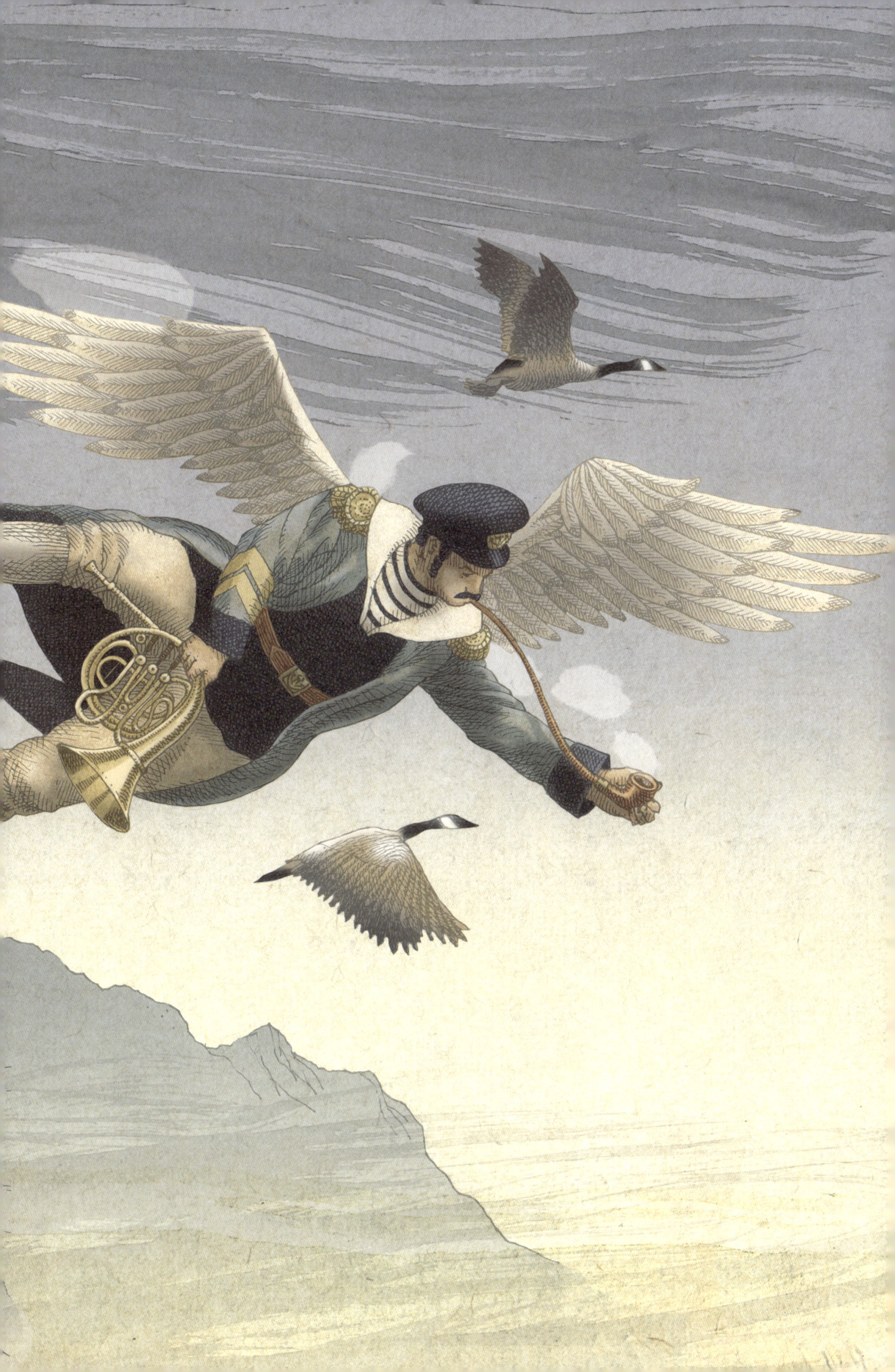

12월 11일

　나는 생 조르주 언덕 높은 곳에 텐트를 쳤다. 이제는 폐허가 된 교회 옆이었는데, 그 근처에는 그 시(市)의 퇴직자가 기증한 전망대 방향 표지판이 세워져 있었다. 표지판에는 주변 도시들의 방향과 거리뿐 아니라, 뉴욕까지의 거리도 적혀 있었는데, 맑은 날엔 정말로 그 도시가 보일 것 같은 기분마저 들었다. 아래로는 알비 시의 불빛이 한눈에 내려다보였지만, 그 풍경은 어딘지 모르게 음울했다.

　날이 채 밝기도 전에 남서풍 오탕이 다시 불어왔다. 바람은 교회의 틈 사이로 파고들어, 문어발 같은 팔로 벌거벗은 둥근 천장의 아치를 휘감으며 돌아다녔고, 지나가는 길에 내 텐트를 세차게 후려쳤다. 그러고는 흰 참나무의 마지막 남은 잎사귀를 공포에 질려 얼어붙게 만들더니, 교회 버팀벽 아래 낙엽 더미로 몰아붙였다.

　오탕은 오전 내내 심술궂게 날뛰었다. 이미 자신의 영역인 듯, 거리낌 없이 들락날락하며 정복한 땅을 유유히 배회했다. 지나온 길에 '바람의 십자가', '바람뿔' 같은 지명이 있었던 걸 떠올리면, 이곳이 원래부터 바람의 고향이었다는 사실을 깨닫게 된다. 늦은 오후, 바람은 도로 가장자리에서 내 몸을 흔들어 놓고, 나무 꼭대기를 오가며 괴성을 질러댔다. 커다란 새들의 느긋한 비행조차 양배추나비처럼 파닥거리기만 할 뿐 힘이 없어 보였고, 덕분에 까마귀들만 얌전해졌다. 하지만 나는 이미 남아 있던 마지막 기운마저 다 빠져버린 상태였다.

12월 12일

　레키스타의 축구장 옆에서, 나는 목요일 아침 일찍 1교시 체육 수업을 받으러 온 한 학급 때문에 어쩔 수 없이 텐트 밖으로 나와야 했다. 선생님과 잠깐 이야기를 나누던 중, 그가 갑자기 아이들을 향해 외쳤다. "여러분, 지금 겨우 200미터 달리기를 하면서도 불평이 끊이질 않지만, 여기 이 젊은이는 배낭을 메고 무려 500킬로미터를 걸어왔다고 합니다!" 정오 무렵엔 경찰이 또다시 찾아와 내 신분증을 확인했다. 이제 나도 슬슬, 내 방식대로 펑크족의 일원이 되어가는 것 같았다!

12월 13일

　브루스 르 샤토의 밤이 지나고, 알랑스강과 타른강이 만나는 강가에서 그림 같은 아침 풍경을 그렸다. 마을 식료품점 여주인이 그 그림에 뜨거운 관심을 보이며, 라비올리 한 팩, 초콜릿 하나, 바게트 한 개, 오렌지 두 개, 그리고 담배 한 갑과 그림 한 장을 기꺼이 맞바꾸었다. 그 물물교환을 기념하는 의미로, 그리고 그 마을을 기억하기 위해 나는 같은 풍경을 한 번 더 그려 남겼다. 그후 나는 오렌지 과즙을 빨아 먹으며 생 아프리크 방향으로 다시 길을 나섰다.

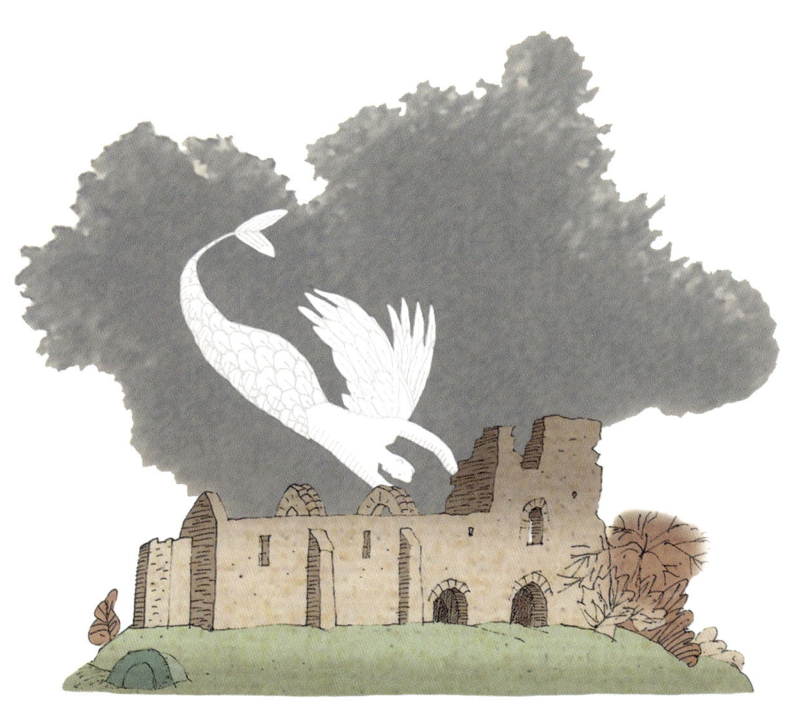

는 밀로의 아늑한 유스호스텔에서 잠시 숨을 고른 뒤, 아가스트 봉우리와 라르작 고원으로 이어지는 긴 오르막길을 걷기 시작했다. 한 운전자가, 마치 자신의 불행을 질질 끌고 가는 당나귀 같은 내 꼴이 궁금했는지 차를 태워주겠다고 제안했다. 나는 기꺼이 응했다. 구름이 산 정상까지 내려앉아 있었고, 습기는 얼음장처럼 차가워지고 있었기 때문이다.

라 쿠베르투아라드에서는 나흘 일정 중 첫날 밤을 숨죽인 듯 고요한 주차장에서 보냈다. 아침이 되자, 천천히 걷히던 안개가 잔잔한 산들바람에 밀려나갔는데, 그 바람은 마치 나에게 집으로 돌아가자고 조용히 속삭이는 듯했다. 꼭 농부가 소의 엉덩이를 툭툭 쳐서 축사로 들여보내듯 말이다.

나는 레두넬의 풍차 탑(16년 후 다시 복원된다)을 그리기 좋은 장소를 찾아 나섰다. 풍차를 그리다 보면 자연스럽게 주변 사람들의 호기심을 끌게 되는데, 그게 또 낯선 이들과 마주치는 좋은 계기가 된다. 역시나! 한 시간쯤 지났을 무렵, 지붕수리 기술자 한 명이 다가와 점심을 제공하는 조건으로 시간당 40프랑짜리 일거리를 제안했다. "좋습니다!" 나는 사흘 동안 사다리를 오르내리며, 크고 평평한 돌과 석판을 지붕 위 적재 공간으로 옮겼다.

이틀째 밤에는 마을 입구 한 건물의 위층에 텐트를 쳤다. 그곳엔 아무도 없었고, 누구에게도 방해되지 않았다. 650프랑의 급여를 손에 쥐었을 때, 나는 오랜만에 공동 숙소에서 하룻밤을 보내기로 했다. 하지만 그곳에서도 혼자서 벽난로에 불을 지폈다. 길을 떠난 이후로 수중에 그렇게 많은 돈을 지닌 건 처음이었다.

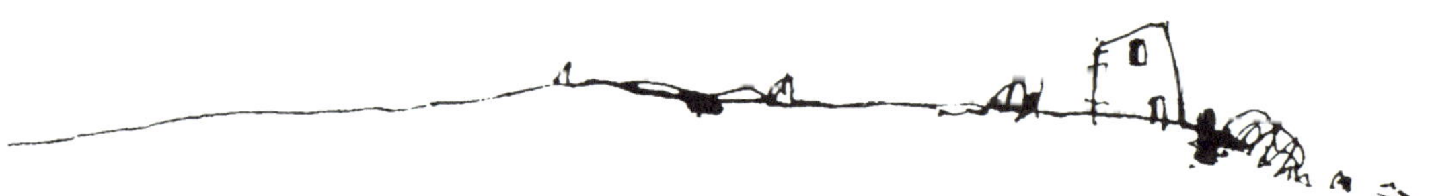

12월 20일

정오 무렵, 나는 눈보라를 뚫고 라 쿠베르투아라드를 떠났다. 짧게 깎인 풀밭 위를 지나, 옻나무 아래 펼쳐진 노간주나무와 야생 회양목 덤불 사이를 걷는 동안 두 발은 추위로 꽁꽁 얼어붙었다. 공사장 지붕을 오르내린 탓에 신발 밑창에 구멍이 뚫려 있었기 때문이다. 양의 배설물이 그 틈 사이로 들어차 있었고, 덧댄 고무 접착 패드는 별다른 도움이 되지 않았다.

저녁 무렵, 생 피에르 드라파주 인근에서 텐트를 칠 자리를 찾고 있는데, 오토바이 한 대가 다가오더니 이 외진 데서 대체 어디로 가느냐며 물었다. 내가 제대로 설명하지 못했는지, 그는 생 기엠 르 데제까지 데려다주겠다고 말했다. 그곳은 꼭 들러야 할 마을이라고 했다. 나는 큰 배낭을 멘 채 오토바이 뒷좌석에 올라탔고, 오토바이는 20킬로미터를 쉼 없이 달렸다. 그런데 그건 단순한 오토바이가 아니었다. 마치 콤바인처럼 육중한 인상을 풍기는, 그 상황에 딱 어울리는 이름을 지닌 병기였다. 바로 혼다 골드윙!

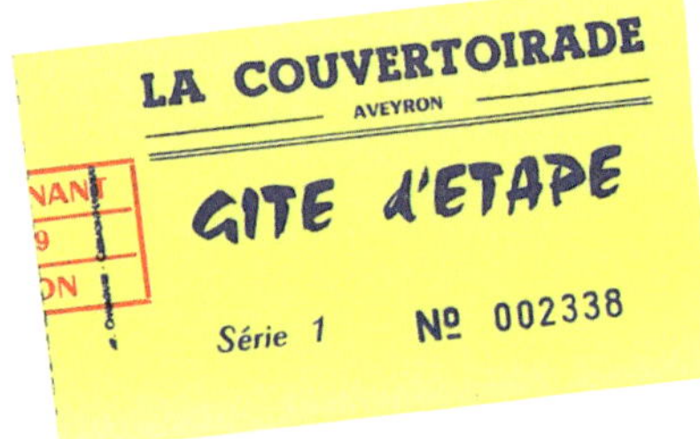

밤이 되자, 남서풍 오탕이 운동장 위로 분노를 쏟아내듯 몰아쳤다. 평소엔 신사인 척하던 이 바람은, 지중해에서 시작해 피레네 산맥과 마시프 상트랄 고원을 거치며 전속력으로 몰려왔다. 보퍼트 풍력 계급표에서는 '큰센바람'에 해당하는 9단계, 실제로는 기와나 슬레이트를 뜯어내고 건물 외장을 손상시킬 만큼 위력적인 바람이었다. 나는 그 풍력표에 한 줄을 더 추가하고 싶었다. '발코니와 창가의 화분이 날아가 보도블록 위에서 산산조각 날 수 있음.'

그날 밤, 오탕의 발작적인 기침 소리는 툴루즈 지방의 보수적 전통처럼 나를 미치게 하지는 않았지만, 텐트 옆면이 바람에 밀려 자꾸만 몸에 들러붙는 통에 짜증은 극에 달했다. 결국 자정 무렵, 나는 경기장 골대 기둥에 텐트의 이중 지붕을 단단히 고정하기 위해 몸을 일으켜야 했다.

※ 라 쿠베르투아라드 상공의 안개가 미풍에 밀려나고 있다. (아베롱)

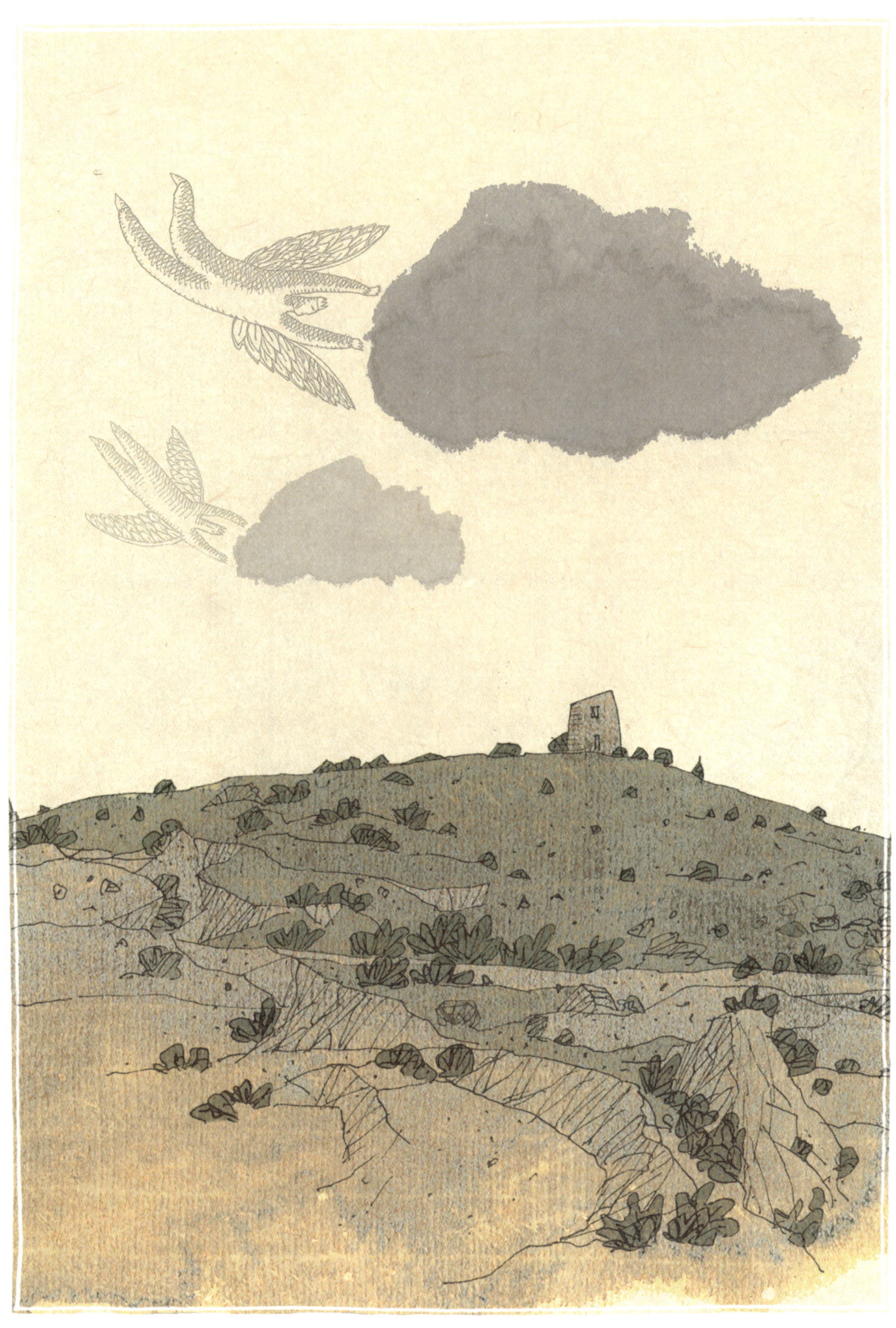

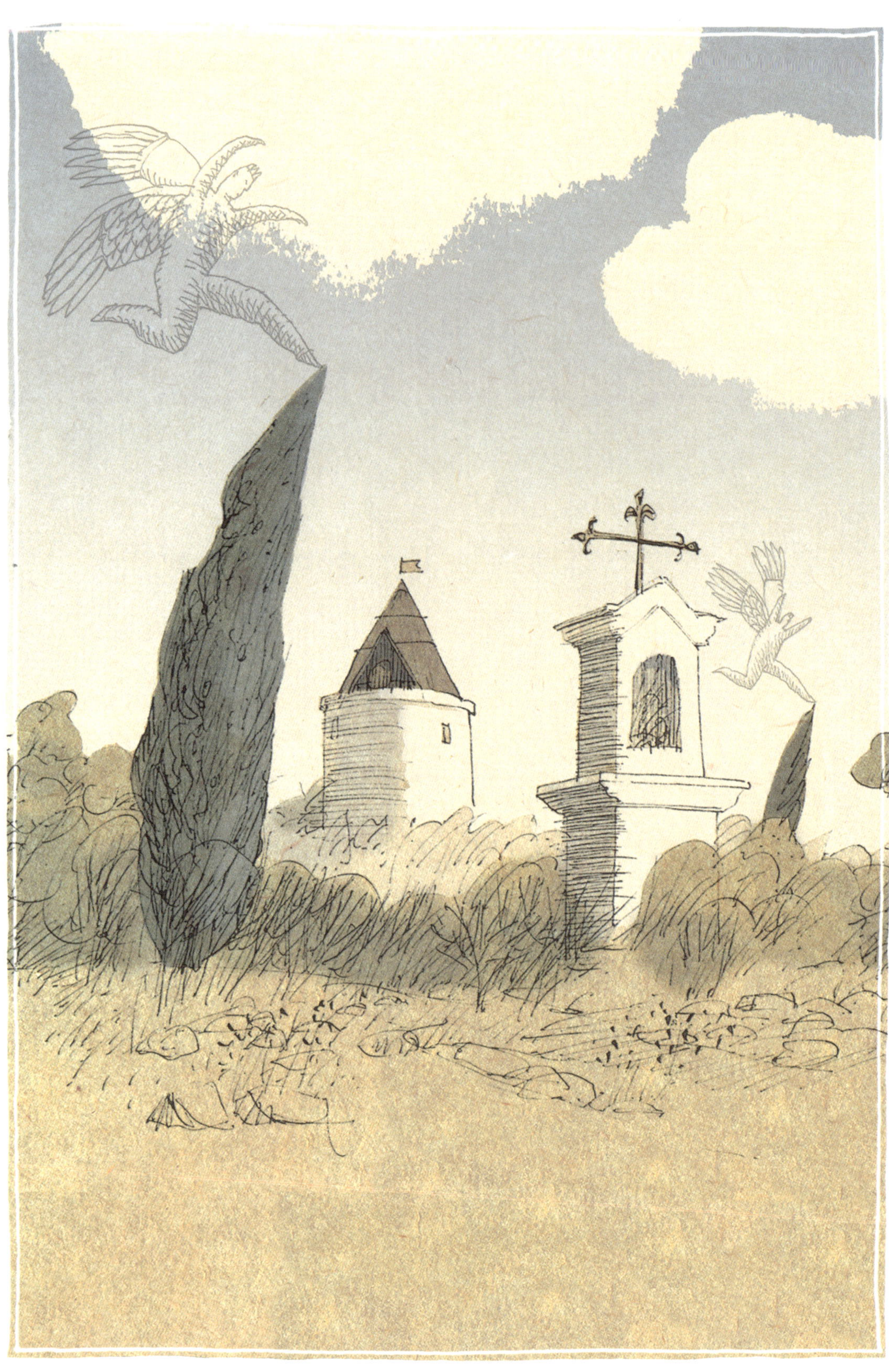

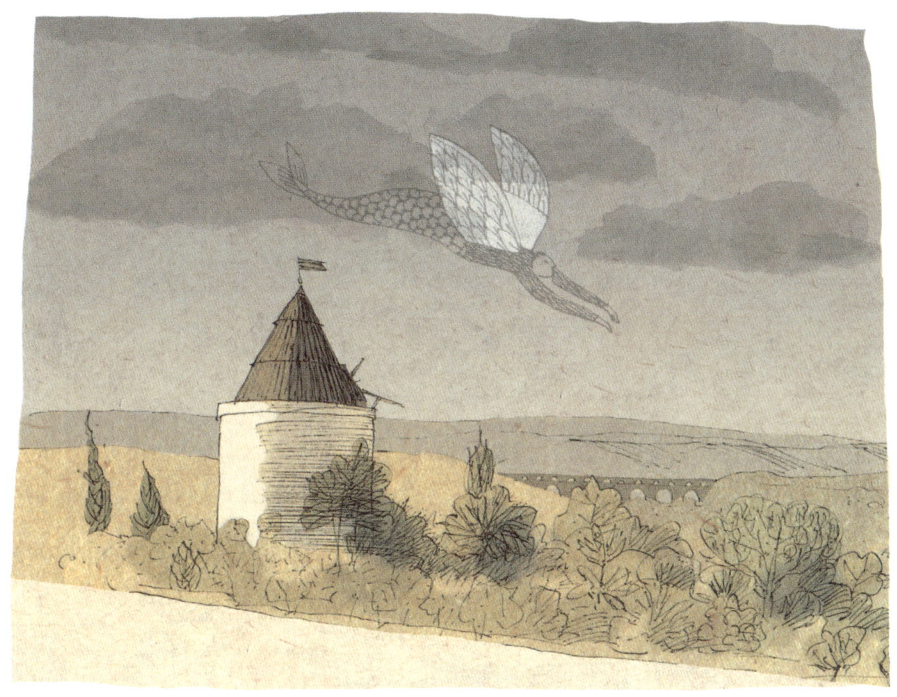

12월 22일

강즈로 향하는 길 위에서 남서풍 오탕은 나를 앞질러 갔다. 흰 셔츠들이 술 취한 유령처럼 허공을 날고, 창문은 쾅쾅 닫히며 울렸고, 빨랫줄은 휘파람 불 듯 윙윙대며 흔들렸다. 그 틈 사이로 아주머니들의 거침없는 욕설도 날아들었다. 이 모든 소동의 대미는, 형체를 잃은 도시의 환영 현수막이었다. '즐거운 연말 축제'라는 문구는 둘둘 말린 채 좌우가 뒤바뀌어, 기둥 발치에 널브러져 있었다.

12월 23일

카스티용의 풍차를 그리고 있는데, 저 멀리 퐁 뒤 가르 다리가 눈에 들어왔다. 너무도 유명한 그 유적과는 언젠가 꼭 친해져야만 했다! 그리고 마침내, 그 다리를 가까이에서 마주할 기회가 찾아왔다. 밤이 되자 우산을 뒤집고 굵은 나뭇가지를 휘젓는 강한 남서풍 오탕이 몰아쳤고, 나는 그 바람을 피하기 위해 수로 남쪽 입구 중 가장 높은 지점에 텐트를 설치했기 때문이다. 놀랍게도 텐트는 수로 안에 몇 센티미터의 여유만 두고 딱 들어맞았다. 침낭에 몸을 누인 순간, 말로 다할 수 없이 황홀했다. 텐트 아레로는 어전히 오탕이 사납게 몰아치고 있었다.

※ 카스티용 뒤 가르 풍차 주변의 잔잔한 미풍(가르)
※ 해풍 '마랭'이 퐁 뒤 가르 근처의 남서풍 '오탕'으로 변했다.

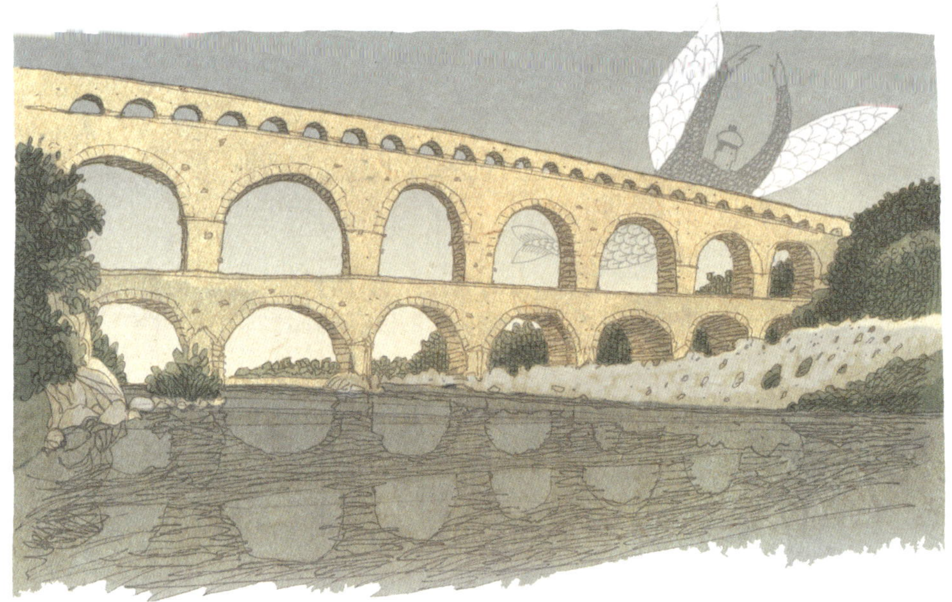

지금은 이 자연의 품이자 건축의 유산인 그 다리와의 특별한 관계를 더 이상 이어갈 수 없게 되었다. 퐁 뒤 가르 다리는 이제 박물관과 관광 단지로 탈바꿈했고, 내가 텐트를 쳤던 그 자리도 폐쇄되었으며, 입장료 10유로를 내야 한다.

12월 24일

아비뇽에 도착했을 무렵, 나는 샤워라도 하지 않으면 견딜 수 없을 만큼 지쳐 있었다. 가장 먼저 찾은 곳은 시립 도서관이었다. 카페보다는 도서관이 내게 더 잘 맞는 피난처이자 평화로운 안식처였다. 실내는 쾌적했고, 의자는 몸을 편히 기댈 수 있었으며, 화장실의 물은 마실 수 있을 정도로 깨끗했다. 사서들도 무척 친절했다. 그들은 내게 신분증을 요구하지도, 방문자 배지를 달라고 고집하지도 않았다. 도서관을 나서며 크리스마스 쇼핑을 즐기는 아비뇽 사람들을 바라보는데, 알 수 없는 쓸쓸함이 불현듯 밀려왔다. 나는 유스호스텔로 향했고, 그곳에서 도쿄 출신의 일본인과 방을 함께 쓰게 되었다.

크리스마스이브의 밤은 유스호스텔의 이층 침대에서 흘러갔다. 일본인 룸메이트와 영어로 이런저런 이야기를 나누며, 정어리 통조림 한 캔으로 소박한 저녁을 나눠 먹었다. 그 통조림은 전통 방식으로 만들어졌고, 올리브 오일이 풍부하게 들어 있었는데, 그 덕분인지 왠지 작고 조용한 파티를 열고 있는 기분이 들었다.

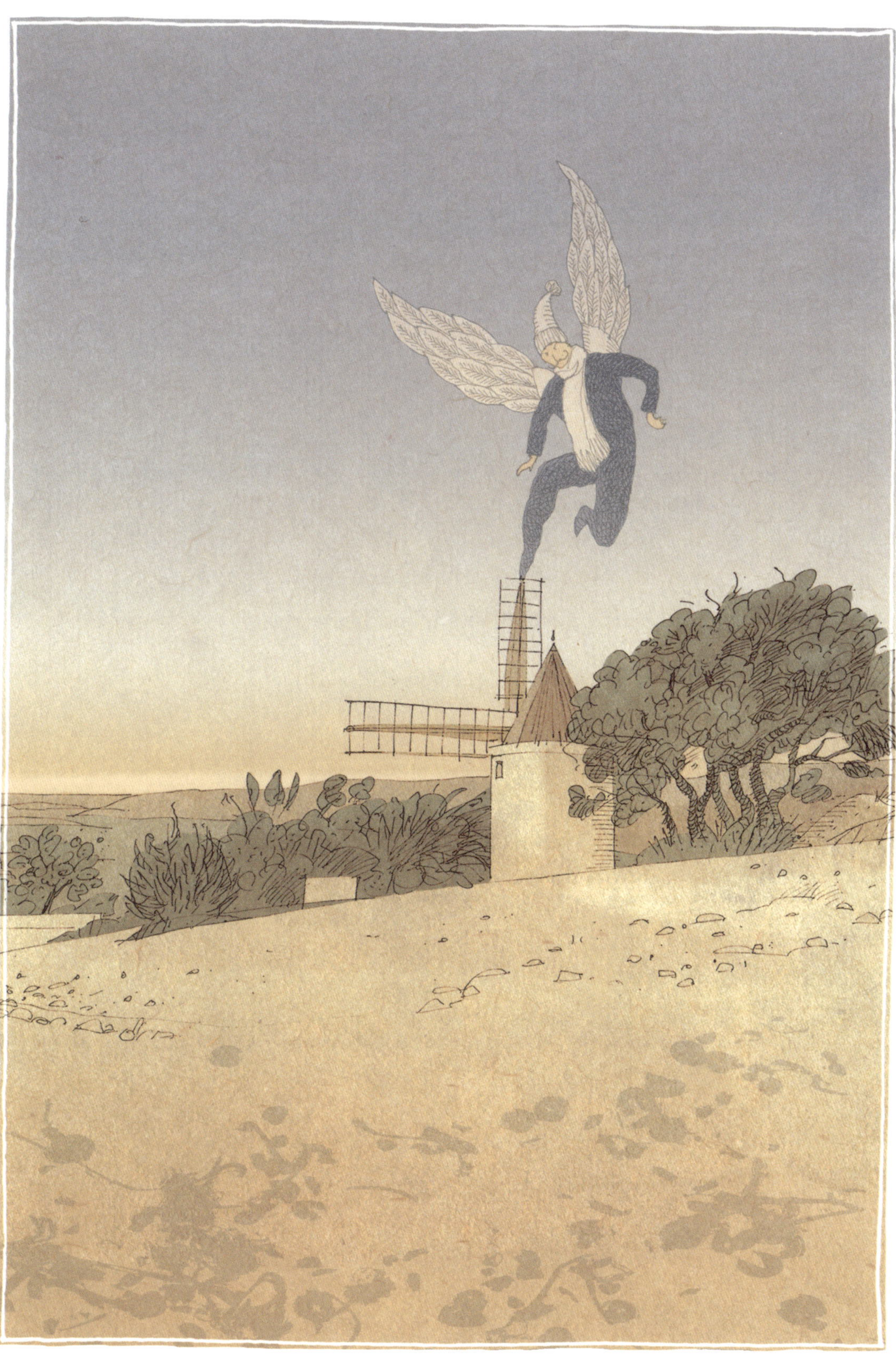

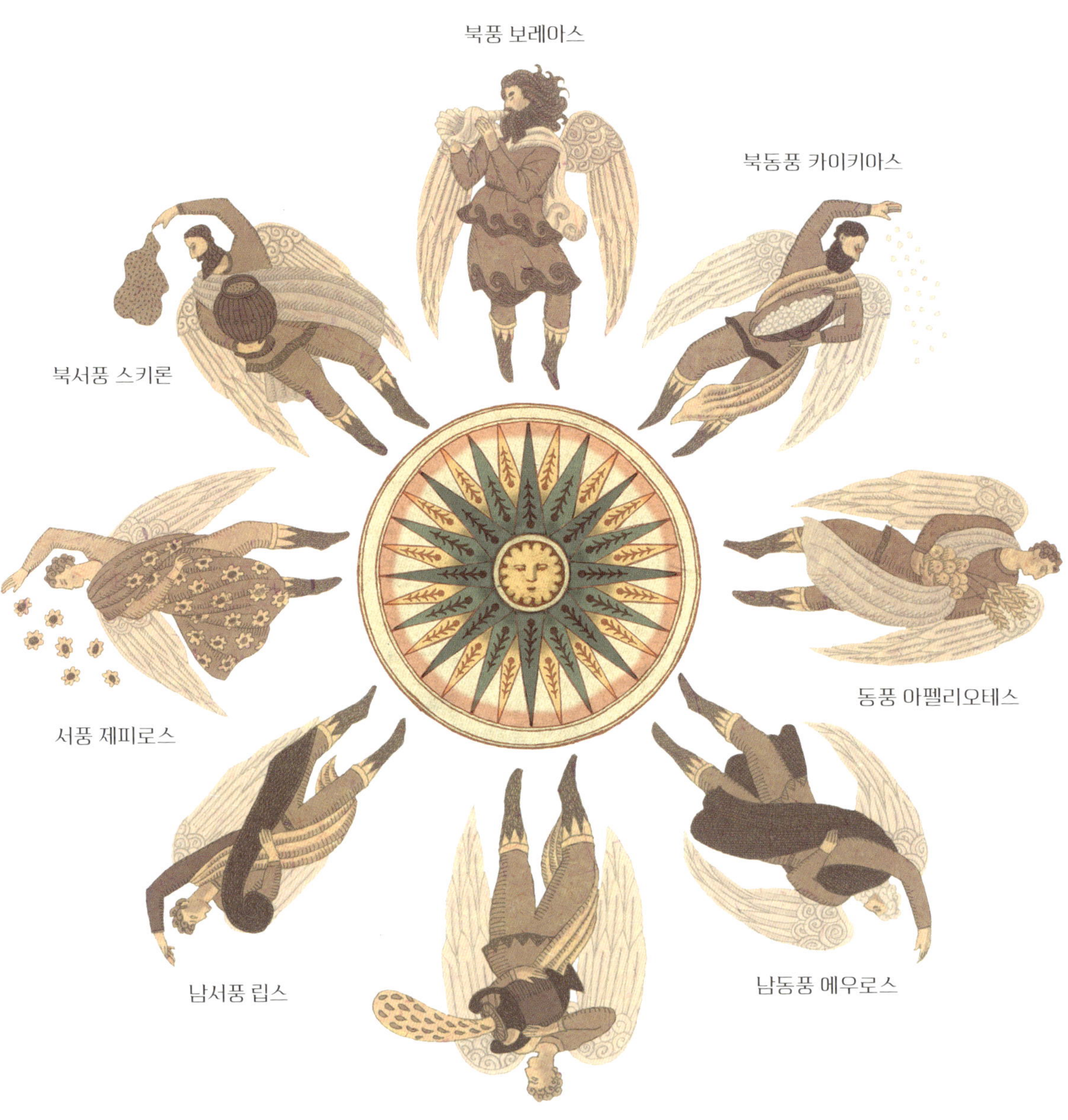
북풍 보레아스
북동풍 카이키아스
북서풍 스키론
동풍 아펠리오테스
서풍 제피로스
남동풍 에우로스
남서풍 립스
남풍 노토스

1층 침대에 묵고 있던 일본인 친구는 프랑스와 스페인, 이탈리아를 여행 중이었다. 그는 일본으로 돌아가면 서양 요리 전문 레스토랑을 열고 싶다고 했다. 하지만 그에게는 바람이 가장 큰 적이었다. 며칠째 그는 단 한 번도 바깥출입을 하지 않았고, 침대에 누워 글을 쓰거나 와인을 맛보거나, 아무것도 하지 않은 채 시간을 흘려보내고 있었다. 화장실에 다녀올 때조차 조심조심 움직였다. 그의 하루는 그렇게 조용하게, 거의 정지된 것처럼 흘러갔다. 그는 내 일기장에 일본어로 바람이라는 단어 '風(카제)'를 적어 주었고, 나는 그의 일기장에 '미스트랄(Mistral)'이라는 단어를 적어 주었다. 그는 자기가 그렇게도 무서워했던 남프랑스의 유명한 바람 이름과 그 불같은 성격에 대해서는 잘 모르고 있었다.

미스트랄은 때로 미친 듯이 난폭해진다. 1845년에는 타라스콘과 보케르 사이를 잇는 현수교를 끊어버렸고, 아를과 포르 생 루이 사이 40킬로미터 구간에서는 화물열차 여러 대를 탈선시켰다. 방투산 정상에서는 유조차의 탱크로리를 통째로 떼어낼 정도였다. 고대 로마의 지리학자 스트라본은, 미스트랄이 말을 탄 남자를 낙마시키고 사지를 부러뜨린 뒤, 그의 옷과 무기까지 빼앗아갈 수 있다고 기록한 바 있다.

미스트랄은 꼭 그렇게 무지막지한 힘으로만 존재하는 건 아니다. 대개의 경우, 그것은 불쾌감을 주는 존재다. 끈질기고 치사하게 굴며, 모자를 날려보낸다든지, 그 모자를 쫓아 사람들이 도로까지 뛰게 만드는 식이다. 프랑스의 싱어송라이터 조르주 브라상스는 이렇게 말했다. "겉으로 보기에 이 바람은 모두에게 해를 끼치는 폭력적인 존재처럼 보인다. 하지만 주의 깊게 살펴보면, 이 바람은 자기를 귀찮게 하는 사람들만 골라 희생자로 삼는다는 걸 알 수 있다."

가끔 미스트랄이 잠잠하고 친근하게 느껴질 때도 있다. 나무를 비틀지 않고, 성가신 사람들을 괴롭히지 않으며, 느긋하게 머무는 시간. 그런 순간, 사람들은 그 바람을 다정하게 '미스트랄레'라고 부른다.

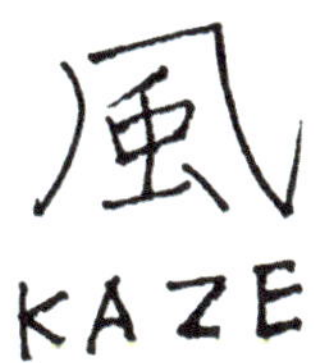

✳ 바람의 조상신들. 기원전 1세기 고대 아테네의 철학자이자 수학자인 안드로니쿠스 키리세스의 묘사를 인용했다.
✳ 방타브랑에 매섭게 불고 있는 '미스트랄'(부쉬 뒤 론)

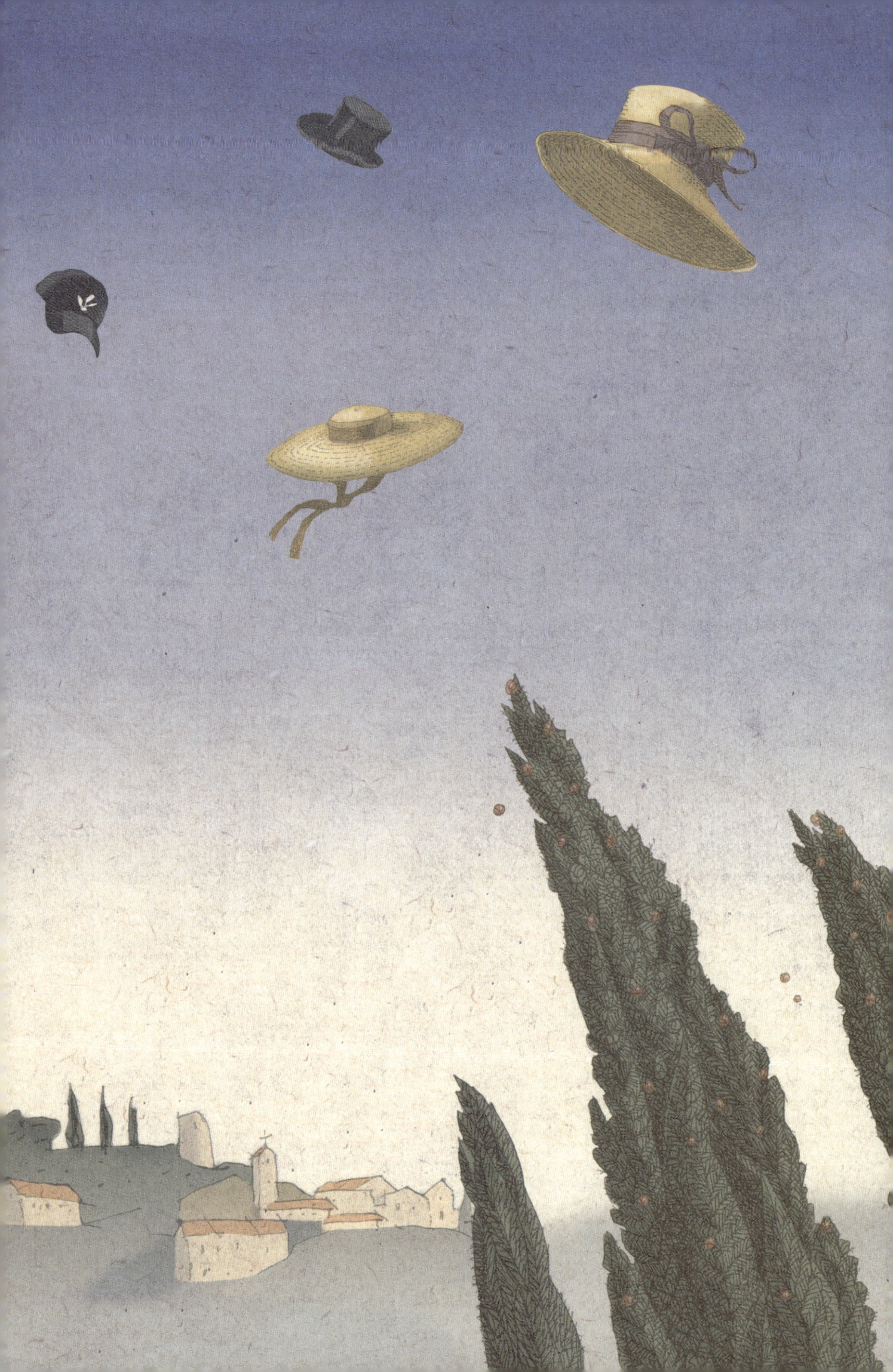

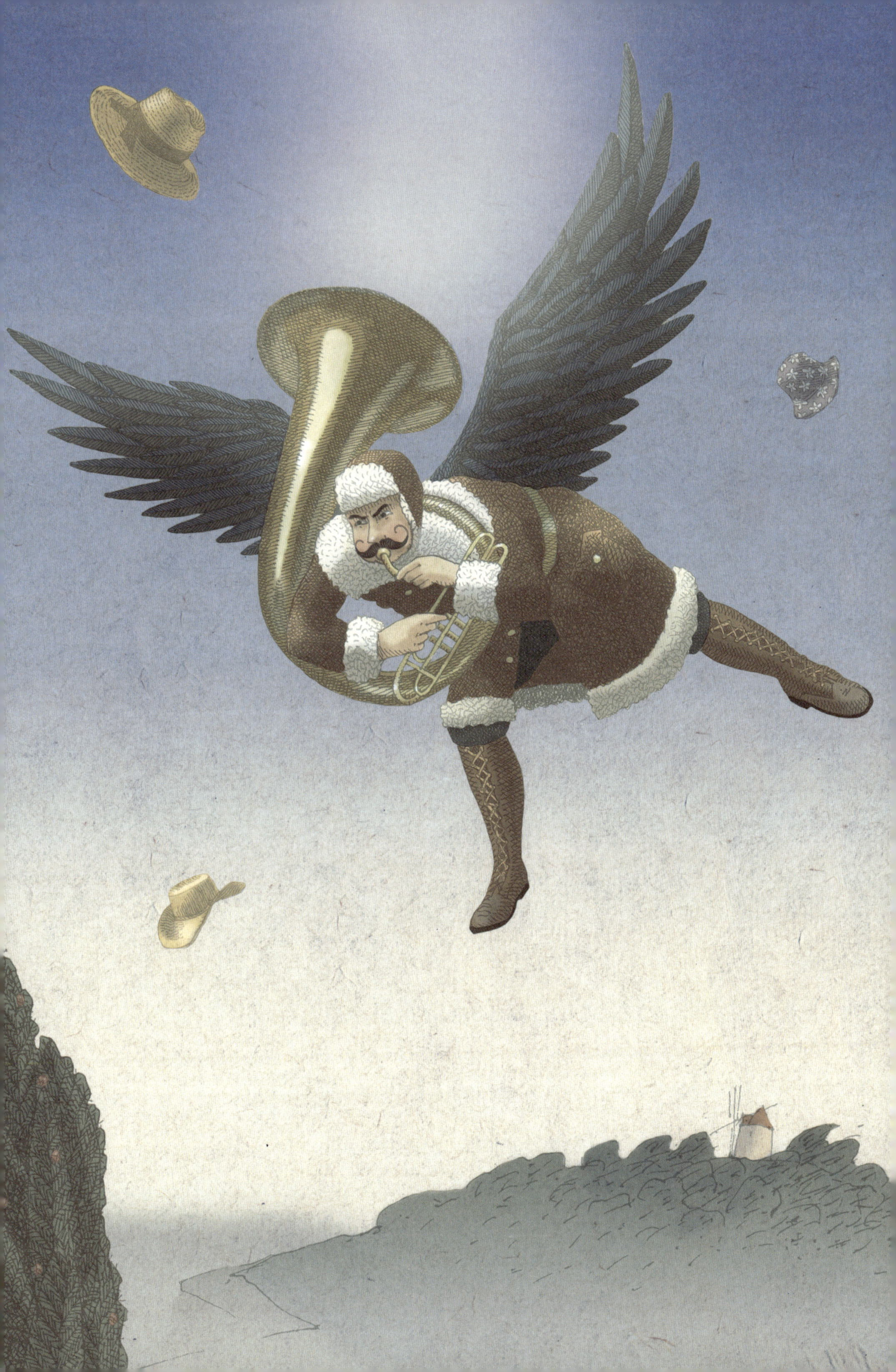

※ 습기 찬 강쑥

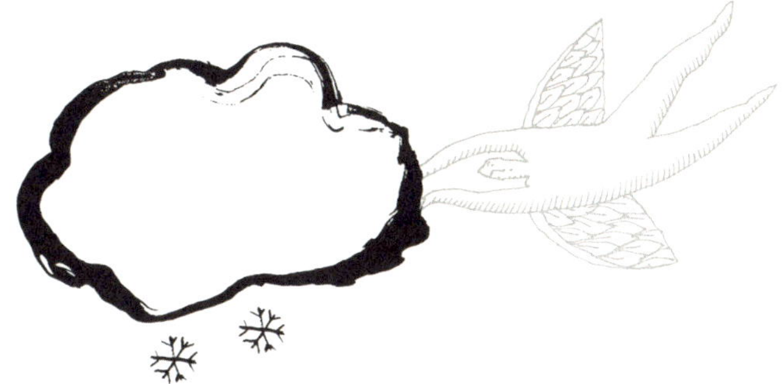

Chapter 2

북쪽의 바람

발길이 북쪽으로 향할 때

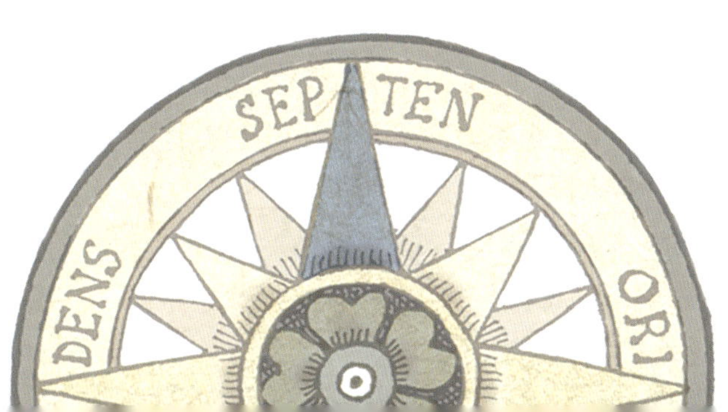

1월 6일

방타브랑의 맨땅에서 하룻밤을 보내기로 한 건 그리 현명한 선택이 아니었다. 여기저기 두껍게 뭉쳐 자란 잡초들 덕분에 텐트 바닥은 마치 롤러코스터처럼 울퉁불퉁했고, 그 덩어리들이 밤새 내 옆구리를 꾸역꾸역 밀어댔다. 나는 강아지처럼 웅크린 채, 첫닭이 울 무렵이 되어서야 겨우 잠이 들었고, 서리가 녹을 때까지도 몸을 일으키지 못했다.

엑상프로방스를 떠나 르토로네를 향하며 나는 17번 지방도로를 택했다. 지붕처럼 펼쳐진 소나무 숲 사이로 구불구불 이어지는 도로의 마지막 커브를 돌자, 시야가 확 트이면서 생 빅투아르 산이 한눈에 들어왔다. 방투리산이라 불리기도 하는 이 산을 바라보며 한 걸음씩 내디딜 때마다 이상하리만큼 비장한 기분이 들었다. 지금 걷고 있는 이 길이 프랑스에서 유일하게 역사기념물로 지정된 도로, 바로 그 유명한 '세잔 루트'였기 때문이다. 세잔이 그토록 사랑했던 산을 그리기 위해 오르던 그 길 위에서, 나는 세잔의 그림 『카드 놀이하는 사람들』처럼 포도주 한 잔을 마시고 싶어졌다. 흘레 세잔호텔로 발걸음을 옮긴 뒤에는, 세잔의 풍차를 그리러 가야겠다고 마음먹었다. 그러다 보면 저녁에는 동네 식료품점에서 세잔 바게트와 세잔 파이 한 통을 사게 될지도 모를 일이었다.

전날의 실수를 되풀이하지 않기 위해 한낮부터 손바닥처럼 평평한 풀밭을 찾아두었지만, 막상 해가 지고 나니 나는 그곳 대신 어두운 공원의 낙엽 더미를 선택하고 말았다. 공원 직원이 플라타너스 아래에 쓸어 모아놓은 그 낙엽들은 내게 특별한 '세잔 매트리스'가 되어 주었다.

1월 7일

옅은 안개가 계곡을 감싸고 있었다. 가을의 향기와 타버린 나뭇잎의 냄새가 내 가방에 스며들었다. 1989년 화재로 이곳저곳 민둥산이 드러난 생 빅투아르 산을 오를 때에는 몇 방울의 비가 나와 동행했다. 정상에 있는 산장에 도달하기 위해, 나는 안개 속에서 빨간색 방향 표지를 놓치지 않으려 애쓰며, 바위에서 미끄러지지 않도록 조심스럽게 발을 내디뎠다. 그런 순간에도 나는 결코 최악의 상황을 상상하지 않았다. 인적이 끊긴 곳에서 다리가 부러지거나, 까마귀에게 쪼아 먹혀 죽을 수도 있다는 위험조차도 '모험'이라는 것과 맺은 계약의 일부라고 여겼기 때문이다. 그래서 무의식적으로 조심할 수밖에 없었지만, 인간은 휴대전화를 발명한 이후부터 그런 조심성마저 점차 잊게 되었다.

최근 몇 년 동안, 내가 이 문명의 도구 없이 혼자 떠날 때마다 사람들은 빠짐없이 이렇게 경고하곤 했다. "문제가 생기면 어떻게 할 건가요?" 오늘날, 휴대전화 없이 여행을 떠나는 나의 선택은 점점 더 무책임한 행동으로 여겨지고 있다. 조만간 법으로 금지될지도 모른다.

산 정상에 무사히 도착하자, 나는 그렇게 작은 공간 안에 그렇게나 많은 아름다움이 모여 있다는 사실에 매료되고 말았다. 노트르담 드 빅투아르 성당과 암벽에 펼쳐진 브레슈 데 무안 절벽이 눈앞에 있었다. 나는 밤이 오기 전에 벽난로에 불을 지피기 위해 서둘러 마른 나뭇가지를 주워 모았다. 이 산장은 옛 수도원 건물 안에 마련되어 있었다. 간간이 바람이 불어올 때마다 예배당 꼭대기가 모습을 드러냈고, 저녁 햇살은 바위를 붉게 물들이며 예배당을 비추고 있었다.

북쪽에서는 보브나르그의 불빛이, 그리고 점차 엑상프로방스의 불빛이 하나둘 켜지기 시작했다. 고요함이 귓가에서 윙윙거렸다. 자연과의 이 결혼을 축하하기 위해, 나는 렌틸콩이 들어간 소시지 통조림을 열어 벽난로의 그릴 위에 데웠다.

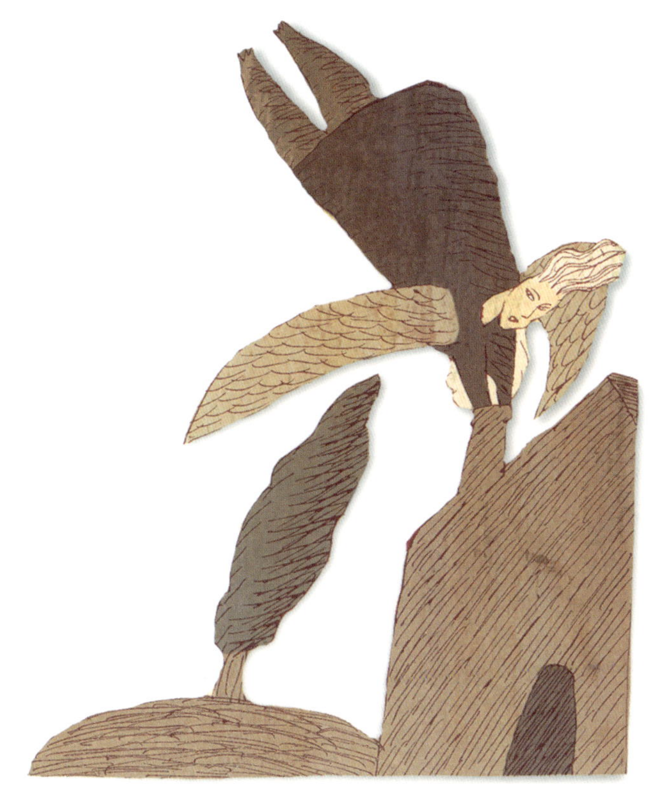

※ 굴뚝을 지나가는 바람 '자나 파우'. 여행 중 포장지에 그린 그림

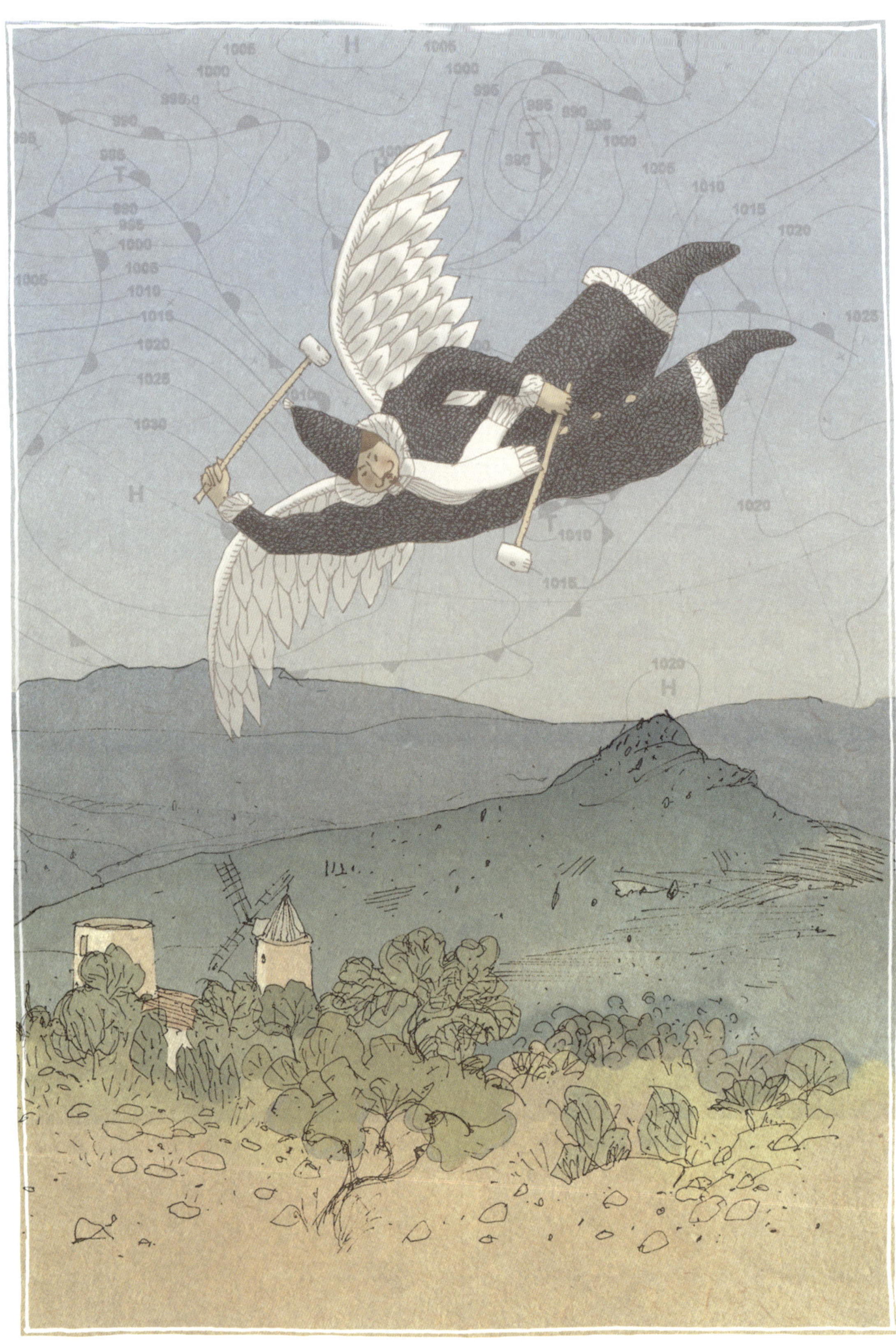

1월 8일

아침이 되어도 생 빅투아르 산의 정상은 여전히 구름에 잠겨 있었다. 정오쯤 한 무리의 등산객들이 찾아와 나의 고요를 방해했지만, 나는 그 고요를 하룻밤 더 이어가고 싶었다. 자나 파우 바람도 나를 찾아왔다. 내가 벽난로 앞에서 커다란 빵 덩어리 위에 치즈 조각을 얹어 녹이고 있을 때, 그 외풍이 연기를 굴뚝 안으로 되돌려 보냈다. 연기로 눈이 따가웠다.

1월 9일

간헐적으로 내리는 성가신 비를 피하려고 압트 도서관으로 피신했을 때, 미스트랄의 프로방스어 별명이 '망고 팡고'라는 사실을 알게 되었다. '진흙을 먹는 자'라는 뜻이었다. 저녁 무렵, 압트 시의 메인 광장 벤치에 앉아 있을 때 남쪽으로 이동하는 그 망고를 보았다. 그 너머로는 군청색 산맥이 펼쳐져 있었고, 뤼베롱 지역 대부분을 뒤덮은 거대한 회색 비구름도 눈에 들어왔다. 나는 가방 주머니 한쪽에서 여행을 떠나기 전 친구가 건네준 주소 하나를 꺼내 들었다. 친구가 알고 지내던 나이 지긋한 부인의 주소였고, 나더러 한번 들러보라고 준 것이었다. 가로등이 하나둘 켜지기 시작하던 시간, 나는 그 집을 찾아가야 할지 망설이고 있었다. 하지만 그날 밤 그곳을 찾지 않았다면, 아마 그 뒤로도 영영 그런 방문은 하지 못했을 것이다. 다행히도 그 농가에 도착했을 때, 나를 맞이한 부인은 무척 세련되고 친절한 분이었다. 친구가 미리 연락을 해두었기에, 부인은 나를 위해 방을 준비해 두고 있었다.

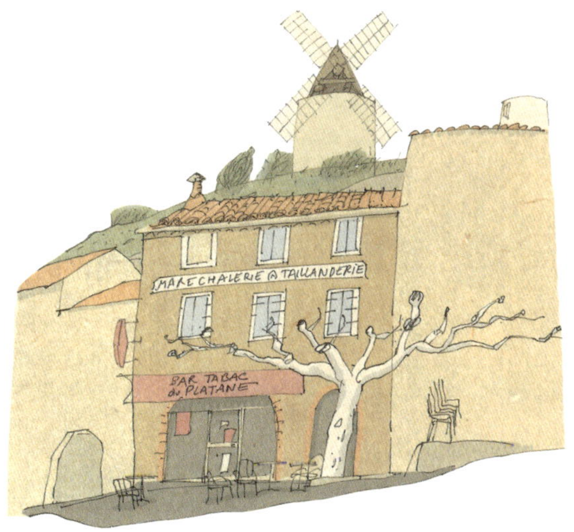

✳︎뤼베롱 지역에 위치한 압트의 생 사튀랭에서 본 '미스트랄'(보클뤼즈)
✳︎압트의 생 사튀랭 풍차

부인의 집에서 보낸 일주일은 무척 편안했다. 아침마다 나는 그녀의 집 지붕이나 정원에서 자잘한 일을 도왔고, 오후에는 산책을 하거나 그림을 그렸다. 하루가 저물 무렵이면 부인을 찾아갔고, 그녀는 난로에 기대어 앉아 작은 꽁초를 피우며 〈르 몽드〉지를 읽고 있곤 했다.

그 일주일은 내게 무척 유익한 시간이기도 했다. 나는 부인의 멋진 서재에 무엇이 숨어 있는지 들여다보았고, 그녀의 스케치와 회화, 그리고 집 안 곳곳에 쌓여 있던 예술가 친구들의 작품을 발견하느라 시간 가는 줄 몰랐다. 우리는 남은 음식을 간단히 요리해 먹으며, 늦은 밤까지 온갖 세상 이야기를 나누었다. 나는 그 따뜻한 시간에 대해 집시 부인에게 어떻게 감사를 전해야 할지 몰랐다.

그녀가 반려견 람세스와 함께 덜컹거리는 르노4를 몰아 나를 오페드행 도로까지 데려다주던 길이 기억난다. 내가 내려야 할 시간이 다가오자, 우리 둘은 말없이 북받쳐 오르는 감정을 애써 누르고 있었다.

1월 17일

오후에는 용돈이라도 벌어볼 요량으로 한 노인을 도와 그의 집 앞에 배달된 나무를 지하실로 옮겨 주었다. 그러고는 오페드의 산 위에 자리한 폐허가 된 요새 탑 중 하나에 텐트를 치러 갔다.

1월 18일

오페드를 내려오는 길, 나는 줄지어 선 이른바 '미국식 농업용 풍차'들을 따라 걸었다. 대부분은 녹이 슬고 멈춰 서서 더는 우물에서 물을 퍼 올려 저수지를 채우는 일조차 하지 못하고 있었다. 바람과의 만남도 이제는 마지막이 아닐까 싶었다. 하지만 그중 단 하나, 포도밭 위쪽에 자리한 풍차만은 여전히 위풍당당하고 우아하게, 묵묵히 돌아가고 있었다. 그 아래 포도밭에서는 포도 재배자들이 공기 압축식 가위를 이용해 포도덩굴을 손질하고 있었다.

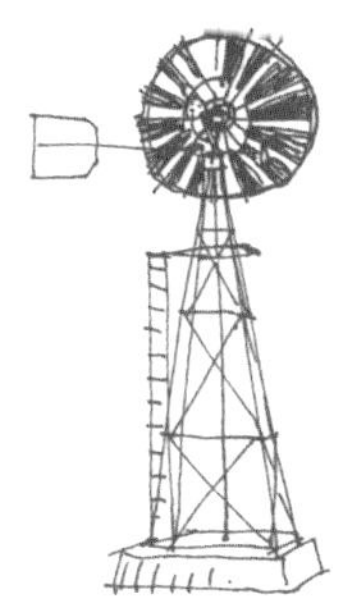

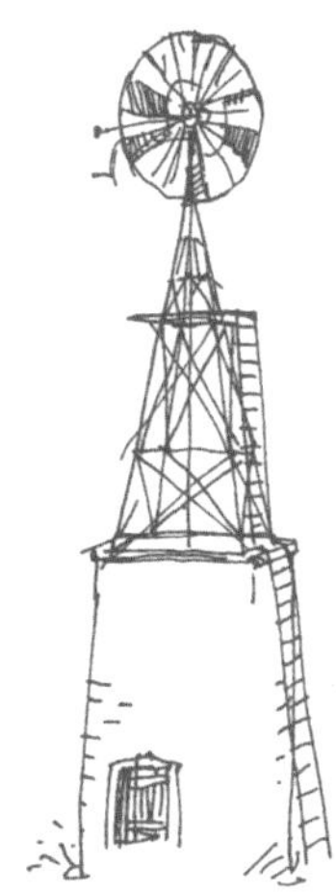

※ 오페드 도로 위의 풍력 발전기(보클뤼즈)
※ 뤼베롱 포도원에 바람을 위한 선물인 허수아비가 방치되어 있다.

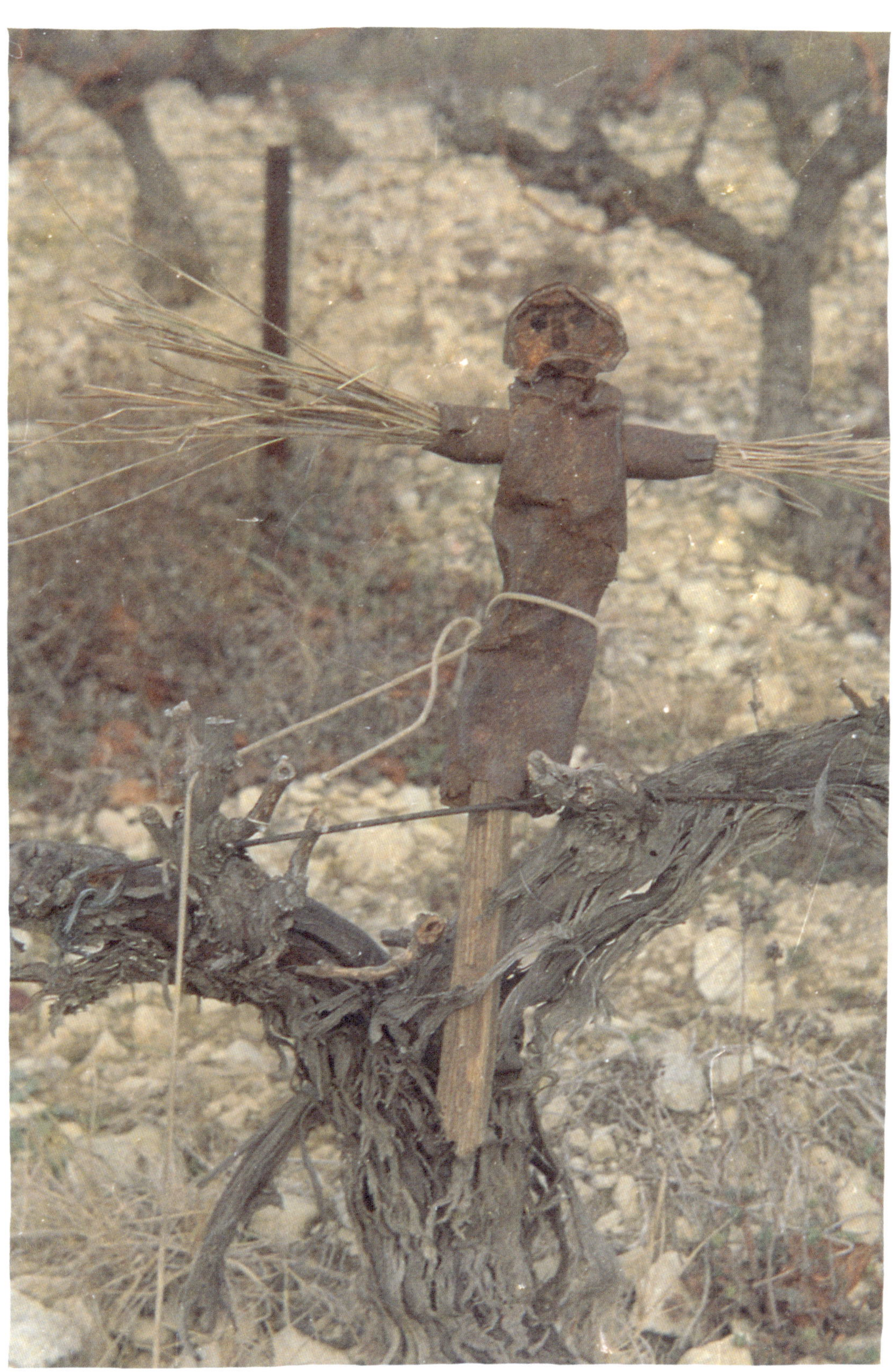

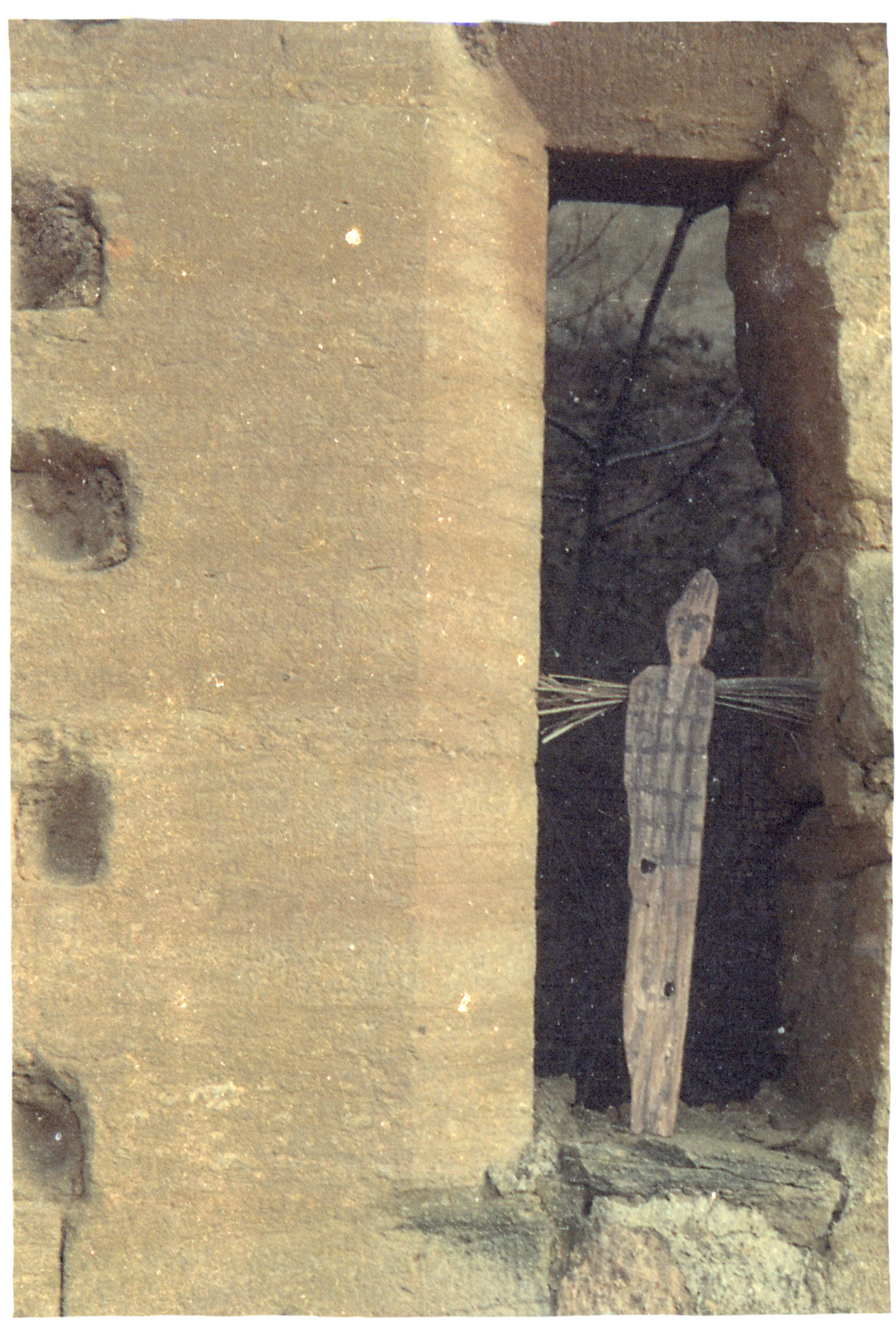

버려진 포도밭 근처에서, 길게 반으로 잘려 녹슨 통 하나를 발견했다. 한때 농가의 노동자들이 겨울철 가지치기를 하며, 그 안에 불을 피워 추위를 견디던 흔적이었다. 나는 오래된 마른 포도나무와 나뭇가지 다발을 모아 숯불을 피웠고, 어둠 속에서 붉게 타오르는 그 불 위에 작은 완두콩 통조림을 얹어 데울 수 있었다.

1월 19일

카롱과 르 바루 사이의 도로를 따라 걷던 중, 오른쪽에 폐허가 된 집 한 채를 보고 감탄하여 나는 그 자리에 얼어붙은 듯 잠시 멈춰 섰다. 이탈리아풍의 건물이었다. 황갈색을 띤 아름다운 붉은 돌로 지어진 평평한 정면 외벽 중앙은 윗부분이 살짝 돌출되어 있었고, 잘 다듬은 기둥이 이 돌출부를 떠받치고 있었다. 두 개의 격자무늬 창문이 그 집의 격조를 더욱 돋보이게 하고 있었다.

그로부터 5년 뒤, 나는 포 평원을 가로지르던 길에서 그와 비슷한 집들과 다시 마주쳤다. 언덕 중턱에 위치한 이탈리아식 집은 꼭대기의 풀밭과 그것을 에워싼 올리브 나무들 사이에 있었고, 로론 협곡에서 멀지 않은 곳이었다. 집은 저 멀리 카르팡트라를 향해 있었고, 그 순간 나는 이 집이 내 '바람의 극장'이 되리라는 것을 확신했다. 아비뇽에서부터 나는 바로 이런 장소를 찾고 있었던 것이다. 나는 허수아비처럼 생긴 나무 조각이나 끼워 맞춘 쇠붙이 조각들을 주워 정처 없이 걷고 있었고, 그중 몇몇은 내 가방에 아예 달라붙어 버리기까지 했다. 그들이 나와 동행해 주었기에, 이제는 누가 나를 괴짜 거지로 본다 해도 개의치 않게 되었다.

나는 아비뇽에서 식비를 아낀 끝에 작은 사진기 하나를 구입했다. '일회용'이라는 말보다 '언제나 사용 가능한' 카메라라는 표현이 더 어울리는 것이었다. 그 카메라는 더 이상 데리고 다닐 수 없지만, 아무 데나 두고 가고 싶지 않은 동행들의 추억을 간직하게 해주었다. 그래서 바로 그 집, 그 멋진 장소를 선택했던 것이다.

나는 그 버려진 건물 안에 내 친구들을 각자 어울리는 자리에 조심스레 놓은 후, 텐트를 치기 시작했다. 어느새 어둠이 주변을 감싸고 있었고, 벽 위에서 무언가 검은 점들이 꿈틀대는 것이 보였다. 조금 지나자 또 다른 점들이 움직였다. 가까이 다가가 보니, 그 벽은 거의 움직이는 물결처럼 보였고, 그 정체는 바로 쥐들이었다. 한두 마리가 아니었다. 열 마리, 스무 마리, 어쩌면 서른 마리가 넘는 쥐들이 지붕 없는 벽의 윤곽을 따라 수평으로, 수직으로 마구 뛰어다니고 있었고, 창문에서도 마구 쏟아져 들어오고 있었다. 나는 친구들을 그곳에 남겨둔 채, 서둘러 짐을 챙겨 도로 건너편의 올리브 나무 아래로 피신했다.

※ 바람에게 바친 인형. 프레 판타스티에서.(보클뤼즈)

시간이 꽤 흐른 뒤, 인터넷을 검색하던 나는 폐허였던 그 집이 '프레 판타스티'라는 이름으로 불린다는 것을 알게 되었다. 이는 '불가사의한 기운'이라는 뜻이다. 알고 보니, 그 집은 유령이 출몰하는 장소로 이 지역에선 꽤 유명했다. 전해지는 이야기로는, 그 집에 살던 유명 인사의 조카 형제가 서로 심하게 다투다 결국 끔찍한 사건으로 이어졌다고 했다. 그 살인은 지금까지도 명확히 밝혀지지 않은 채 미스터리로 남아 있고, 시간이 흐르면서 보름달이 뜨는 밤이면 이상한 일들이 벌어진다는 소문이 돌기 시작했다. 그런 사정을 전혀 몰랐던 나는, 자칫 그 전설에 살을 덧붙이는 데 일조할 뻔했다. 이 오싹한 전설로 유명한 장소에서 내가 남겨두고 온 작고 괴상한 허수아비들을 발견한 도보 여행자들의 표정을 상상해 본다!

1월 20일

미셸은 인생에서 가장 유쾌한 순간만을 골라 살았다. 일도 하고 싶을 때만 했고, 수염조차 깎지 않은 채 밤마다 파티를 벌이는 데 거리낌이 없었다. 낮에는 푹 자고, 머릿속에 모험이 떠오르면 남은 돈을 털어 시트로엥 2CV에 기름을 가득 넣고 길을 나섰다. 그에게 그 차는 자동차라기보다 말[馬] 같은 존재였다.

어느 날 그가 클랙슨을 울리며 내 앞에 차를 세웠고, 타라고 손짓했다. 우리는 서로 말하지 않아도 통하는, 아웃사이더들의 연대감 같은 것을 느꼈다. 둘 다 좋은 학교를 나왔고, 장발의 68년 세대였으며, 모닥불가에서 기타를 치며 프랑스의 싱어송라이터 막심 르 포레스티에의 "C'est une maison bleue(푸른 집)"를 함께 불렀던 캠프의 여름을 공유한 세대였다.

그날 미셸은 남은 하루를 몽미하일의 바위산에서 하이킹하며 보내자고 제안했다. 가파른 비탈을 오르며 우리는 암석을 깎아내는 바람의 역할에 대해 이야기했다. 물론 알고 보면, 그 바위 대부분은 제3기 지질 시대에 지하에서 융기해 솟아오른 것이었다. 평평하게 솟은 석회암 판들과, 지면 위로 드러난 검붉은 점토질 흙, '다이아피어'라 불리는 바위 군집들은 바람에게 마지막 터치를 맡기며 정교하게 풍경을 조각하고 있는 듯했다. 능선과 고개 사이를, 알레포 소나무와 삼나무들 사이를 바람은 마치 재즈 색소폰 연주자 오넷 콜먼처럼 자유롭고 즉흥적으로 누볐다.

재즈와 암석에 대한 이야기를 마친 뒤, 미셸은 와인 협동조합에서 지공다스 와인 한 병을 샀고, 오후 5시쯤 집으로 돌아왔다. 그의 친구들은 이미 와 있었다. 미셸의 친구들은 예고 없이 찾아오는 게 익숙했다. "우리는 노크하지 않아. 그곳에 사는 이들은 열쇠 따윈 던져버리지."라는 막심의 'San Francisco' 가사처럼 말이다.

※ 바람에게 바친 인형. 프레 판타스티에서.(보클뤼즈)

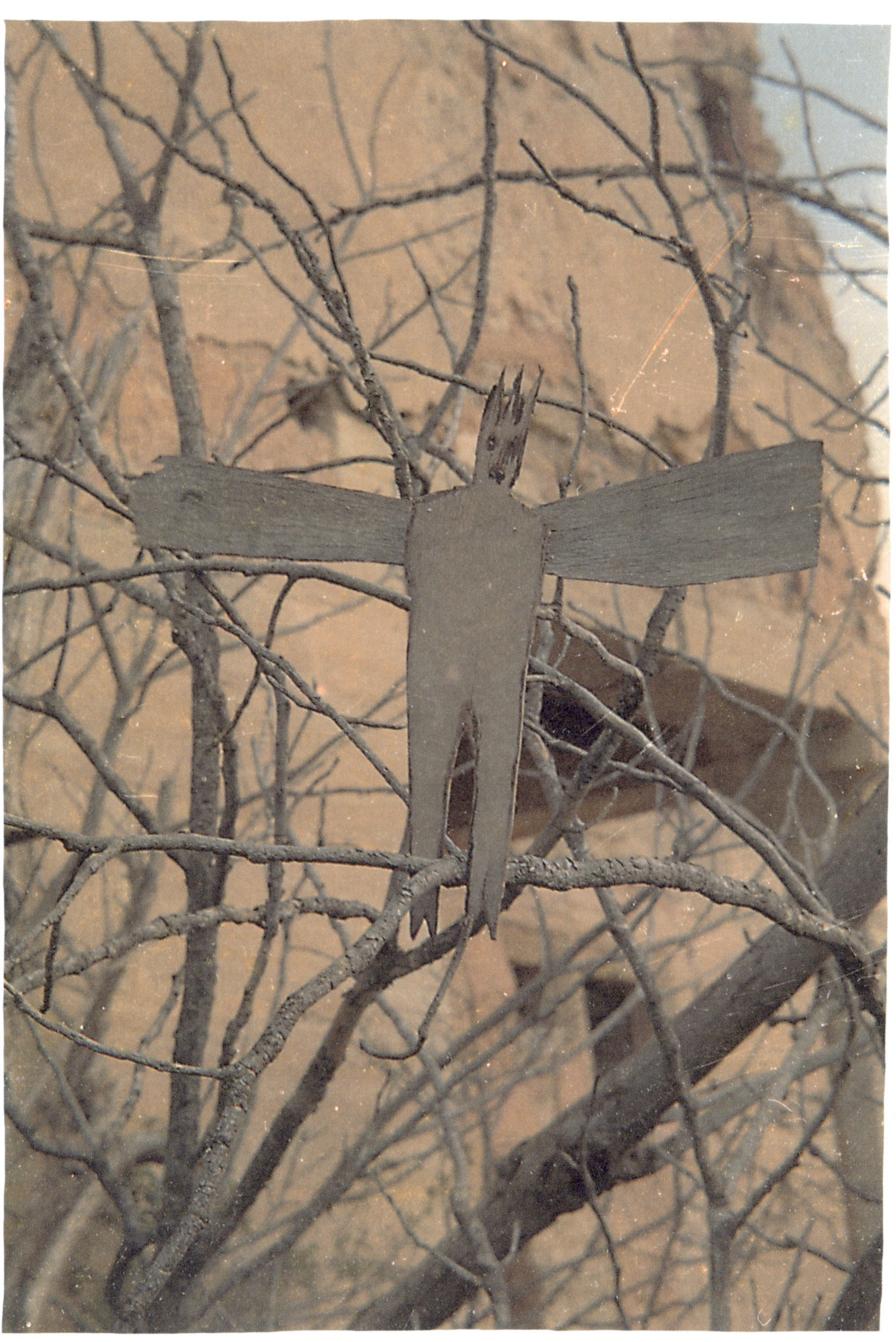

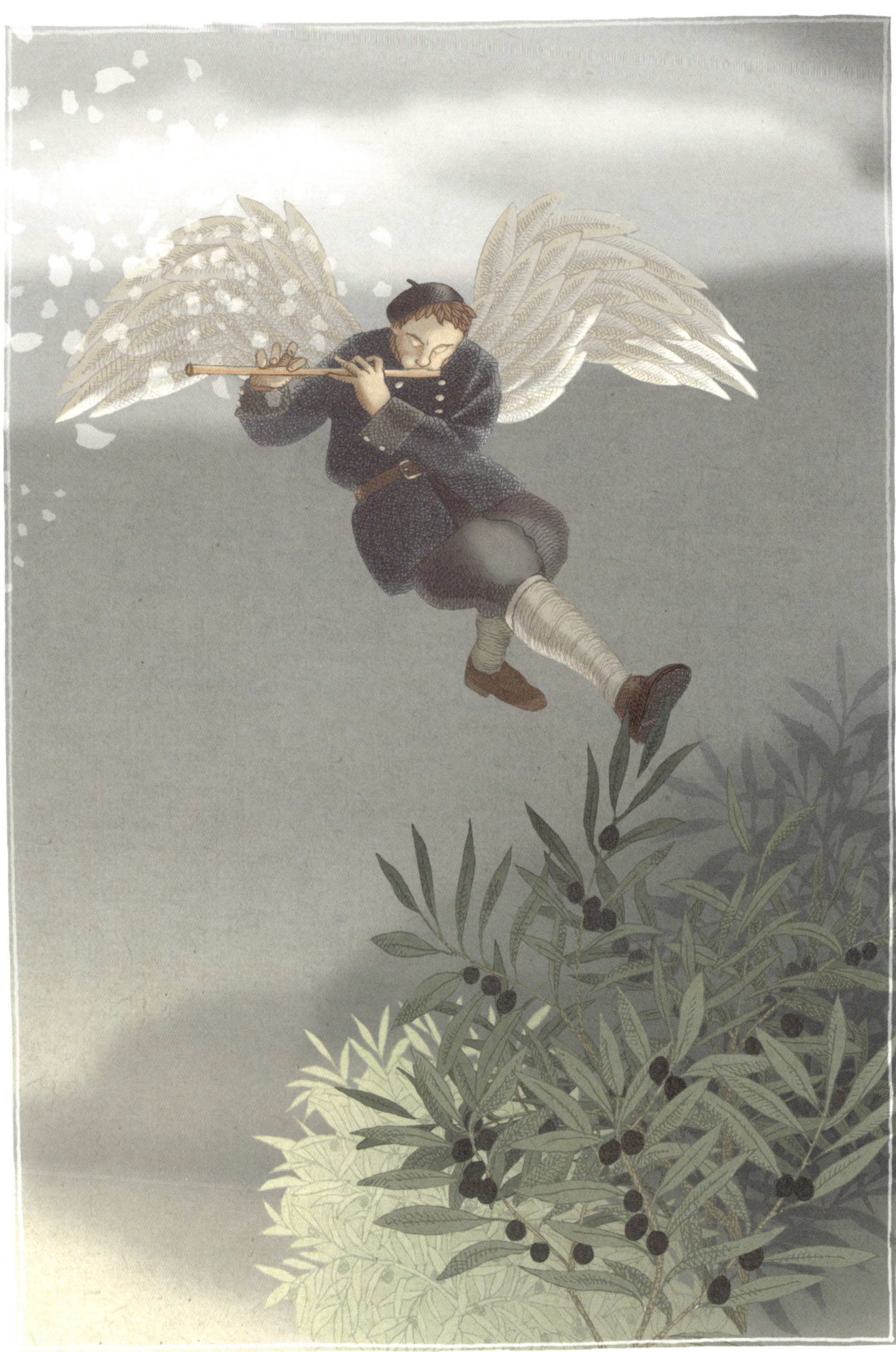

한참이 지난 후, 미니밴 한 대가 도착했다. 브르타뉴에서 온 뮤지션 한 무리와 엄청나게 많은 맥주가 차에서 쏟아져 나왔다. 우리는 밤늦도록 에릭 클랩튼의 기타 소리와 패트릭이 연주하는 젬베 리듬에 귀를 기울였다.

다음 날 아침, 해가 중천에 떠서야 나는 소파에 축 늘어진 채 잠에서 깼다. 고양이 오줌 자국이 군데군데 남아 있고, 화목난로에서 뿜어져 나오는 뜨거운 열기 속에서 곰팡내가 진동하는 소파였다. 신기하게도 방 안에는 전날 밤의 폭주 흔적이 하나도 남아 있지 않았다. 언제나 웃음을 잃지 않던 미셸은, 내가 원하면 얼마든지 더 머물러도 된다고 말했다. 나는 잠시 흔들렸다. 또래 친구들이 주는 따뜻한 온기가 내 발길을 붙잡았다. 하지만 나는 알고 있었다. 내 여행은 계속되어야 한다는 것을. 미셸은 그런 내 마음을 읽은 듯, 니옹으로 향하는 길목에 나를 내려주며 재치 있게 작별 인사를 건넸다. "봉 방(Bon Vent)!" 좋은 바람을 타고 가라는 뜻이었다.

1월 22일

아주 오래전, 니옹 주민들은 이 계곡이 비옥해지기를 바라는 마음에 차가운 북풍 비즈나 폭풍우 같은 남풍, 거센 미스트랄보다 온화하고 순한 바람을 원했다. 그들은 아를의 가톨릭 주교에게 그런 바람을 찾아달라고 부탁했다. 쉽지 않은 일이었지만, 마침내 주교는 지중해 해변에서 자신의 장갑 한 쪽으로 부드러운 바람을 살며시 낚아채는 데 성공했다. 니옹으로 돌아온 그는 그 장갑으로 바위를 톡 한 번 두드렸고, 그 순간 장갑 속에서 바람이 흘러나왔다. 그 바람은 '폰티아스'라는 이름을 얻고, 이곳의 올리브 나무들을 정성껏 보살피는 바람으로 니옹의 명성에 이바지하게 되었다. 주교들이 한 손에는 로브를 들고, 다른 손에는 잠자리채처럼 장갑을 휘두르며 해변을 뛰어다니던 그 시절은, 어쩌면 오늘날의 원반 던지기보다도 훨씬 세련된 풍경이었는지도 모른다.

나는 니옹에서 지역 학자인 M 씨를 만났다. 그는 지역의 바람들과 마치 편지를 주고받는 사람처럼 바람에 정통한 분이었다. 그는 내게 폰티아스 바람이 북동쪽에서 불어오며, 주로 새벽부터 정오 사이에 가장 활발히 움직인다고 알려 주었다.

＊니옹의 올리브 나무에 부는 바람 '폰티아스'(드롬)
＊아를의 주교가 '폰티아스'를 낚아채고 있다. 여행 중 포장지 위에 그린 그림

63

M 씨는 폰티아스 바람이 여름에는 계곡을 시원하게 식히고, 겨울에는 습한 병원균을 몰아내어 상쾌하고 건강한 기운을 불러온다고 했다. 마치 순찰하듯 이 지역을 돌며 불 때면, 이웃 사람의 머리카락 하나 흐트러뜨리지 않고도 밭 하나쯤은 가뿐히 얼려버릴 수 있다고 덧붙였다.

그는 은퇴 후, 정원에 작은 풍차를 직접 만들어 바람을 불러들이는 일에 몰두하고 있었다. 그러다 남서풍 '베진' 이야기를 꺼냈다. 피유 지역 인근 계곡을 지나는 바람으로 여름과 가을에 불어오는데, 때로는 성질을 부려 에귀강 물을 다리 높이까지 솟구치게 만들지만, 가끔은 놀랄 만큼 얌전하다고 했다. 그의 말을 빌리자면, 아주 작은 새 한 마리가 어깨에 내려앉아 숨결로 귓가를 간질였지만, 코끝에는 닿지 않았다는 것이다.

1월 23일

하루하루 지나면서 나는 한쪽 눈만 뜬 채 텐트로 스며드는 첫 새벽빛을 알아보는 법을 익혀갔다. 그 빛은 대개 멀리서 들려오는 자동차나 오토바이 소리와 함께 찾아왔는데, 이른 출근길에 오른 주민들을 태우고 가는 소리였다. 가끔은 새들의 노랫소리와 함께 오기도 했다.

그런데 그날 아침에는 아무 소리도 들리지 않았다. 충분히 잔 것 같았지만, 주위는 너무나 조용했고 어떤 움직임도 느껴지지 않았다. 내가 있던 곳은 도심 한가운데나 다름없는 에귀 강변의 공원 안쪽이었기에, 보통이라면 우체국 트럭이나 쓰레기 수거차, 스쿨버스 같은 소리쯤은 들려야만 했다. 이상하다는 생각에 텐트 지퍼를 당겨 열기 시작했는데, 그 순간 세상이 환히 밝아졌다.

나는 텐트를 흔들어 눈을 바닥으로 떨어뜨렸다. 밤사이 십여 센티미터나 눈이 내려 텐트는 거의 이글루처럼 변해 있었던 것이다. 빛이 차단되고 소리조차 들리지 않았던 이유가 분명해졌다. 그 추위 속에서 이글루를 해체하는 일은 손가락에게 결코 반가운 작업이 아니었고, 결국 나는 그리 유쾌하지 않은 방법을 택했다. 장갑이 없었기 때문에, 여분의 양말 두 짝을 양손에 끼웠다. 가장 더러운 양말이었다.

1월 28일

몽테리마르에서의 나는 벼랑 끝에 서 있었다. 정오가 되도록 끼니는 물컹한 바게트 반 개가 전부였고, 주머니에는 동전 몇 개만 남아 있었기 때문이다. 나는 도시 극장 앞 광장으로 나가 아끼며 간직해온 그림들을 하나씩 가방에서 꺼냈다.

＊피유의 남서풍 '베진'(드롬)

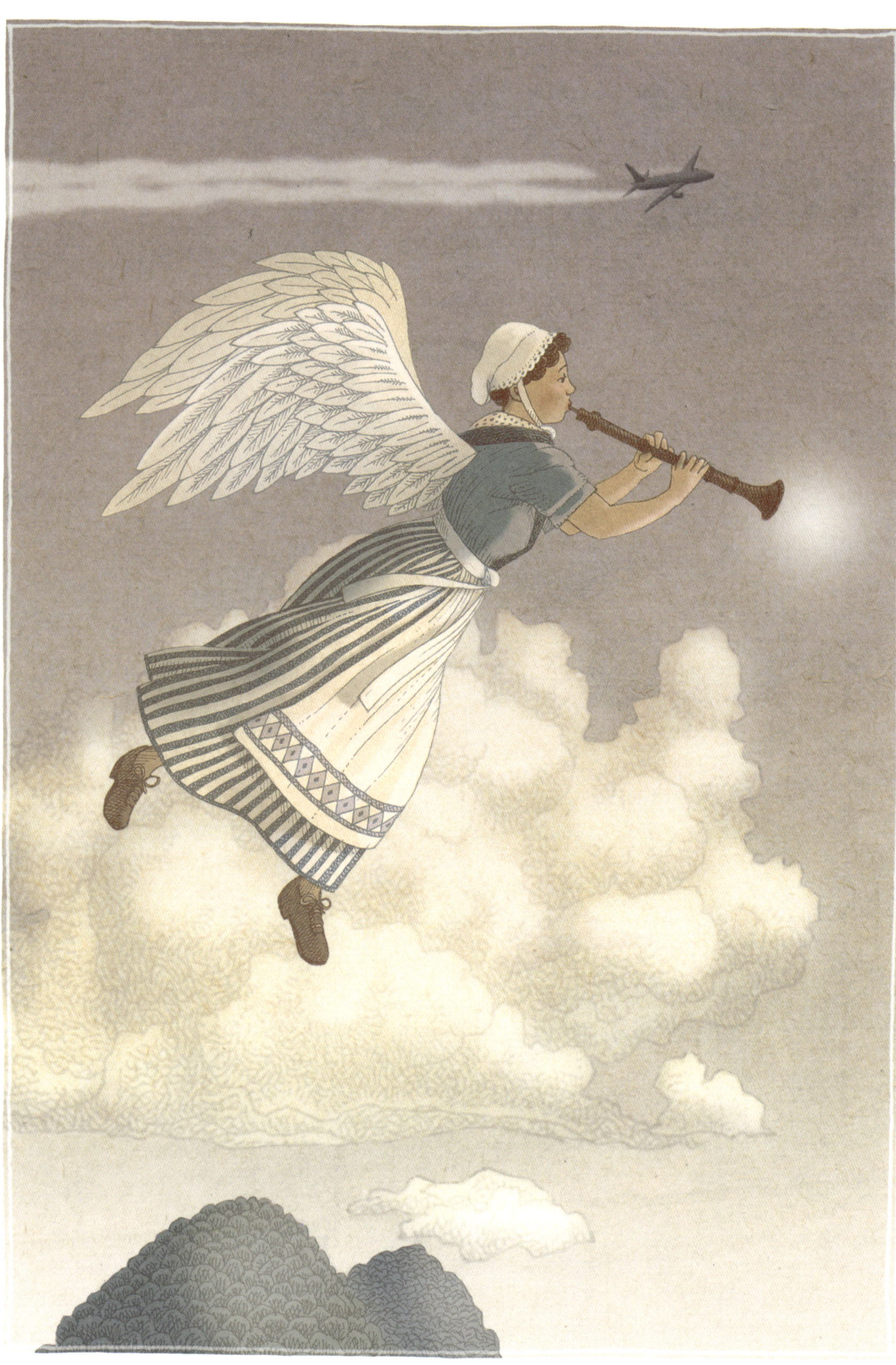

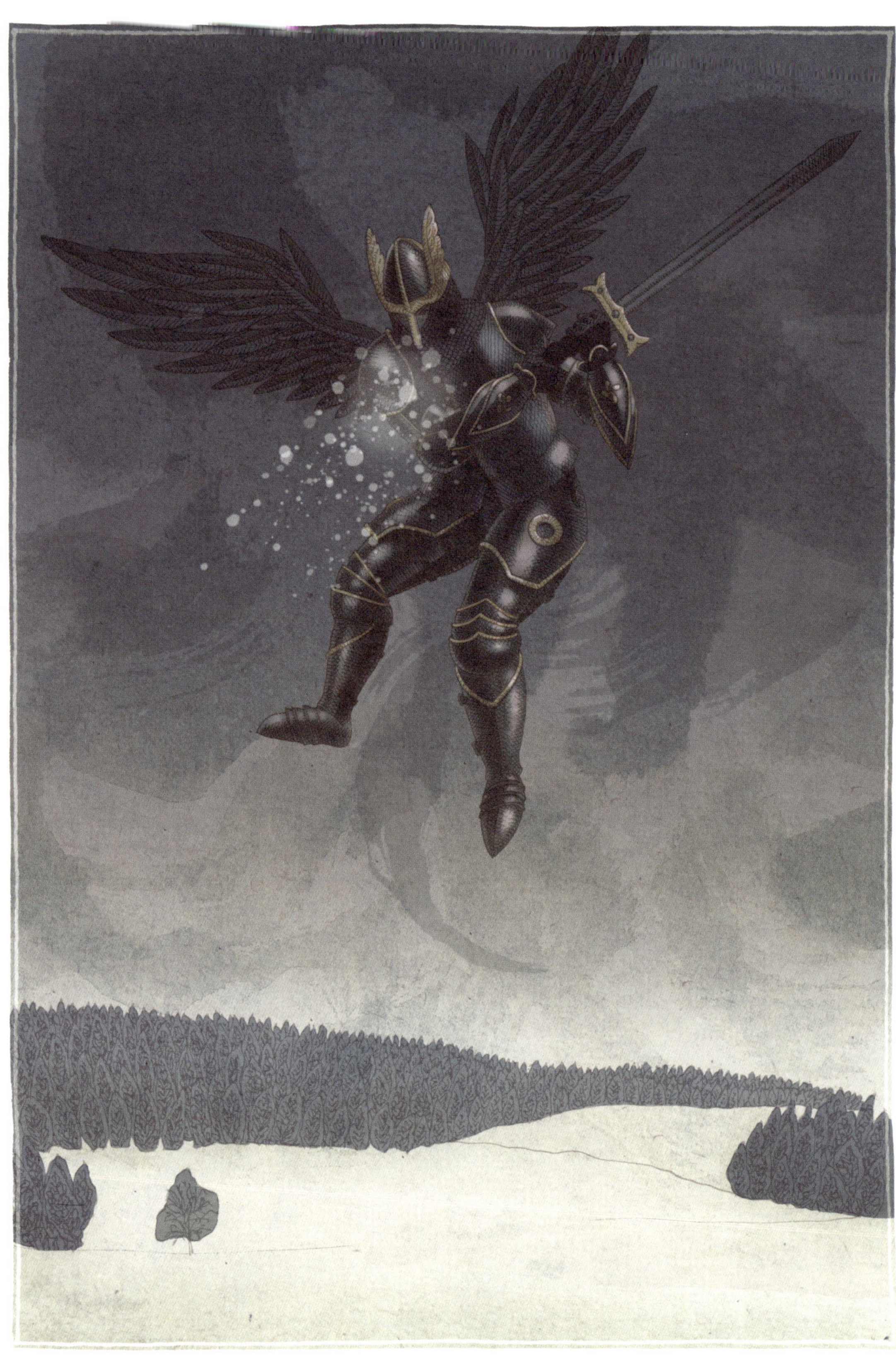

나는 그림들을 땅바닥에 펼쳐 놓고, 조그만 종이쪽지에 가격을 적어 두었다. 10프랑, 지금으로 치면 2유로도 안 되는 금액이었다. 사람들은 무심히 지나쳤고, 그림을 유심히 들여다보는 이는 없었다. 그러다 말쑥하게 차려입은 중년의 신사 한 사람이 다가와 그림을 내려다보더니, 내 여행에 대해 간단한 질문을 던졌다. 그는 자기 집에서 샤워도 하고, 소파 하나를 내어줄 테니 자고 갈 생각이 있느냐고 물었다. 나는 그의 제안이 정말 그것뿐일까 의심스러웠지만, 무턱대고 거절하지는 않았다. 그는 연필을 꺼내 자신의 이름과 주소를 종이쪽지에 적은 뒤, 20프랑짜리 지폐 한 장과 함께 내게 건넸다. 그리고는 그림 하나를 고르고, 샤를 드골 거리의 플라타너스 아래로 드리워진 어둠 속으로 사라졌다. 나는 구걸할 용기는 없었지만, 덕분에 여행을 이어갈 수 있었다. 그 남자, 클로드는 나에게 호의를 건넸고, 내가 정중하게 선을 그었음에도 끝까지 품위를 잃지 않았다.

그 일 이후 나는 무감각한 몸으로 계속 걸었다. 추위 탓에 더는 그림을 그릴 마음이 들지 않았다. 내 스케치북에는 '1월 30일'이라는 날짜만이 덩그러니 적혀 있었다. 그날 밤, 나는 처음으로 영하 10도의 날씨 속에서 꽁꽁 언 땅 위에 눕기 위해 생존 담요를 꺼내 들었다. 얇고 차가운 알루미늄 포일 같던 담요는 숨을 들이쉴 때마다 바스락거렸고, 내 체온으로 생긴 수증기는 담요 안쪽에 맺혀 침낭을 축축하게 만들었다. 그 몇 도의 온기를 위해 감수해야 했던 불편이었다.

2월 4일

나는 왜 순순히 사온 계곡을 따라가지 않았는지 몇 번이나 자문했다. 그때 나는 포레 평야를 지나며 경로를 바꾸었고, 그 이유는 단 하나, 더 장엄한 풍경을 보고 싶다는 낭만적인 충동 때문이었다. 마시프 상트랄 동쪽을 향해 발걸음을 옮기기 직전이었다. 결과적으로, 나는 체육관 뒤편의 텐트에 갇혀 밤 10시까지 배구 선수들이 공을 때리고 소리치는 소리를 들어야 했다. 아이러니하게도 그 소음은 여전히 두 다리로 뛰어다니는 인간들이 존재하고 있다는 증거 같았다. 앙베르의 식료품점으로 느릿느릿 걸어가는 세 다리의 노인들만 있는 건 아니다.

내가 그런 어리석은 결정을 내린 건, 마시프 상트랄로 불어 닥치는 북풍 '뷔흘'을 얕잡아봤기 때문이었다. 뷔흘은 결코 만만히 대해선 안 되는 존재다. 차가운 고지대에서만 모습을 드러내며, 파티시에가 머랭을 다루듯 아무렇지도 않게 눈더미를 쌓아버리는 이 바람 앞에서는 모든 형태의 경의를 표해야만 한다. 우리는 이 바람에 도전하려 들기보다, 눈에 띄지 않게 조용히 발끝으로 걸어야 한다.

그렇게 이틀 뒤, 나는 뒤롤강 계곡의 티에르에 도착했고, 그제야 그 바람의 가장 가혹한 성격을 직접 마주하지 않았다는 사실이 얼마나 큰 행운이었는지를 깨닫게 되었다. 힘겨운 지름길을 택했던 건 내가 특별히 용감해서라기보다는, 어쩌면 조금은 특별한 야심 때문이었는지도 모른다. 프랑스 도보 여행을 떠나기 전, 친구들과 가족들은 프랑스 곳곳에 사는 지인들의 주소를 내게 건네주고, 만약 이런 일이 생기면 이 사람에게 연락하라며 한 명 한 명 짚어주곤 했다. 그때는 휴대전화가 없던 시절이었으니까. 할머니도 젊은 시절부터 편지를 주고받았다는 친구의 주소를 꼭 쥐여주셨다. 덕분에 나는 뷔흘의 차가운 숨결과 함께하는 긴 여정을 견딜 수 있었다. 톱니처럼 잘게 찢긴 듯한, 푸르스름하고 회색빛이 감도는 마치 강철이나 오래된 비행기처럼 보이는 구름 아래를 묵묵히 걸은 끝에, 결국 티에르에 도착해 미네트 할머니가 구워준 따끈한 애플파이를 맛볼 수 있었다.

2월 25일

어젯밤, 나는 샬롱 쉬르 마른을 떠나 날이 밝을 때까지 3번 국도와 나란히 이어진 농로를 따라 31킬로미터를 걸었다. 그 길은 두 개의 수조와 날개 없는 물레방아가 있는 지점을 지나, 진흙투성이 들판이 수평선 너머까지 펼쳐지는 풍경을 배경으로 발미까지 이어졌다. 왼쪽 옆구리를 사정없이 때리는 차가운 북풍, 비즈와 싸워야 하는 길이었다.

비즈는 차고 건조한 바람이다. 히포크라테스는 이 바람이 사람을 우울하게 만들고, 피부의 모공을 수축시키며, 식욕을 자극한다고 했다. 매미도, 개미도 이 바람 앞에선 예외가 없다. 도르도뉴 지역의 방언에는 이 바람에 대한 생생하고도 구체적인 표현이 많다. "비즈가 불면 입술이 트거나 쩍쩍 갈라진다.", "검은 비즈 바람이 비로 바뀌면 억수같이 쏟아진다." 같은 말들이다. 나는 두 손을 주머니 깊숙이 찔러 넣고, 이를 악물고 걸었다. 단조로운 벌판이 반복되는 이 구간에서 이 '무의식적 워킹 모드'는 오히려 이 모험을 잊게 해주었다. 모자는 눈썹까지 눌러쓰고, 재킷 칼라는 코끝까지 끌어올렸다. 입술이 갈라지지 않도록 하기 위해서였다.

내가 발미를 경유한 건 프랑스 공화국 탄생의 전환점이 된 그 유명한 전투 때문은 아니었다. 오히려 그 승리를 위해 희생된 이들을 상징하는 풍차를 보기 위해서였다. 프러시아 군의 표적이 되는 것을 막기 위해 켈레르만 장군이 불태우도록 명령했던, 그 풍차 말이다.

※ 샬롱 쉬르 마른의 북풍 '비즈'
※ 다음 페이지 : 발미 풍차에서 비즈 때문에 얼어 죽을 뻔했다.

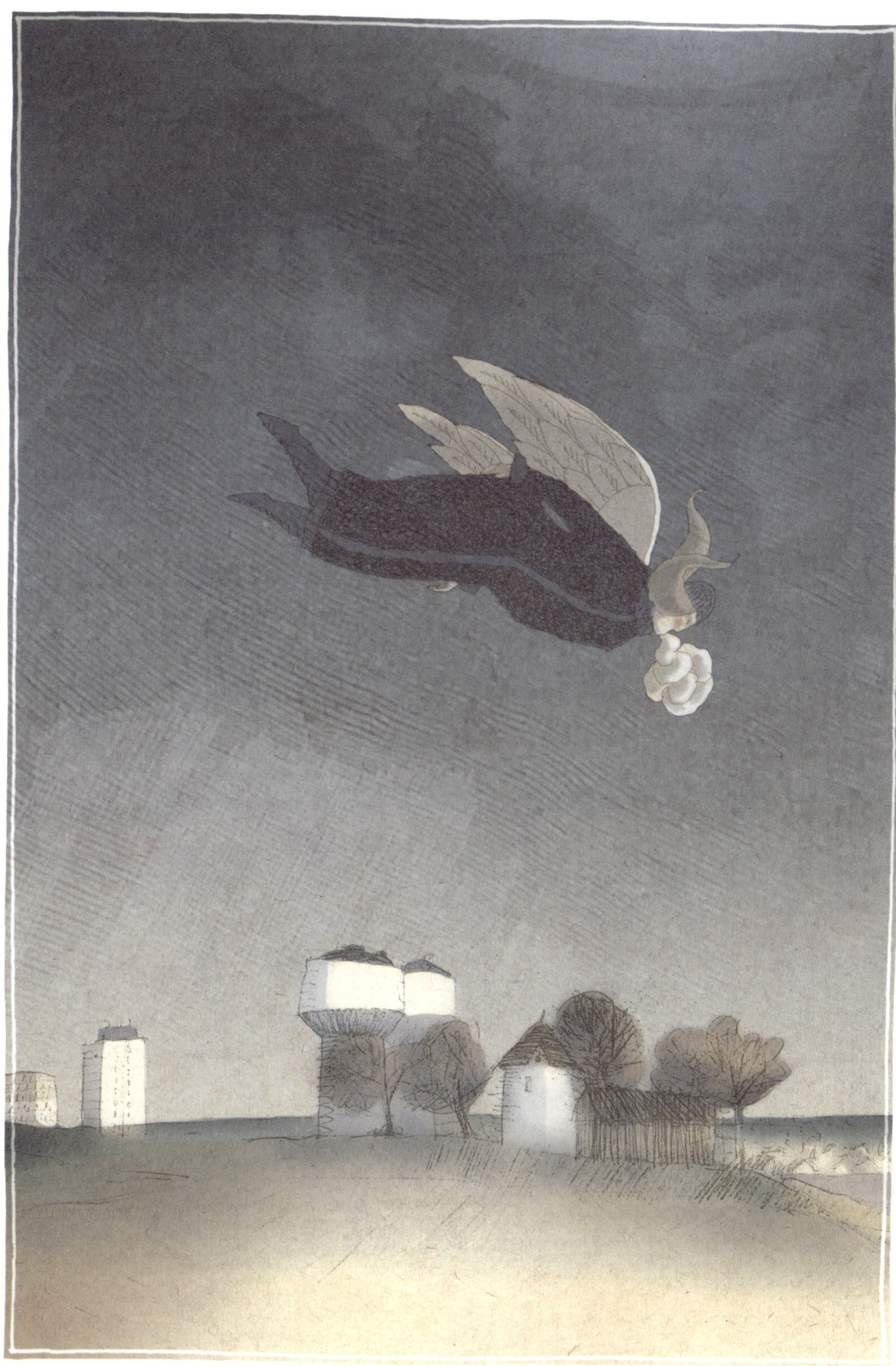

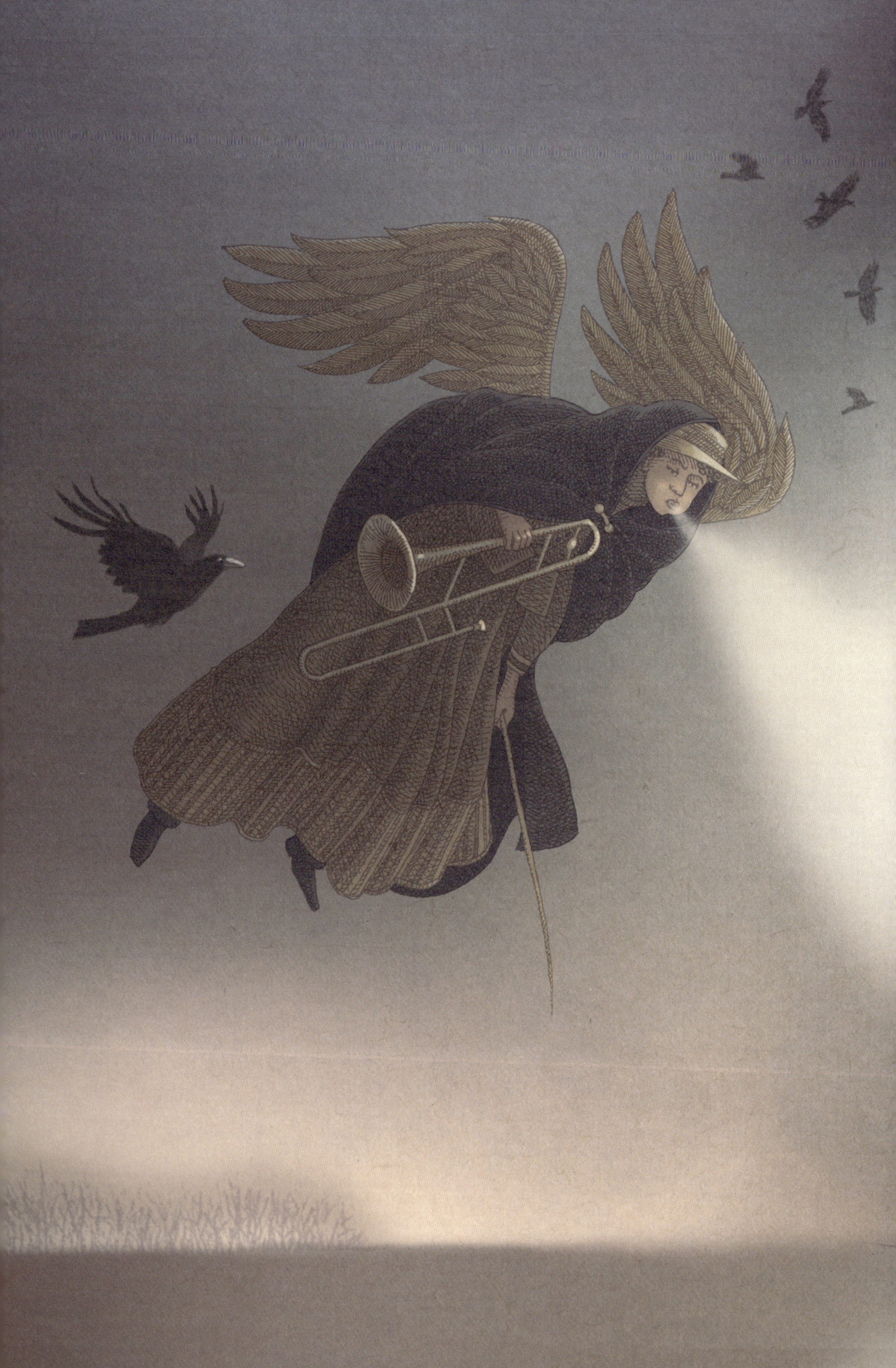

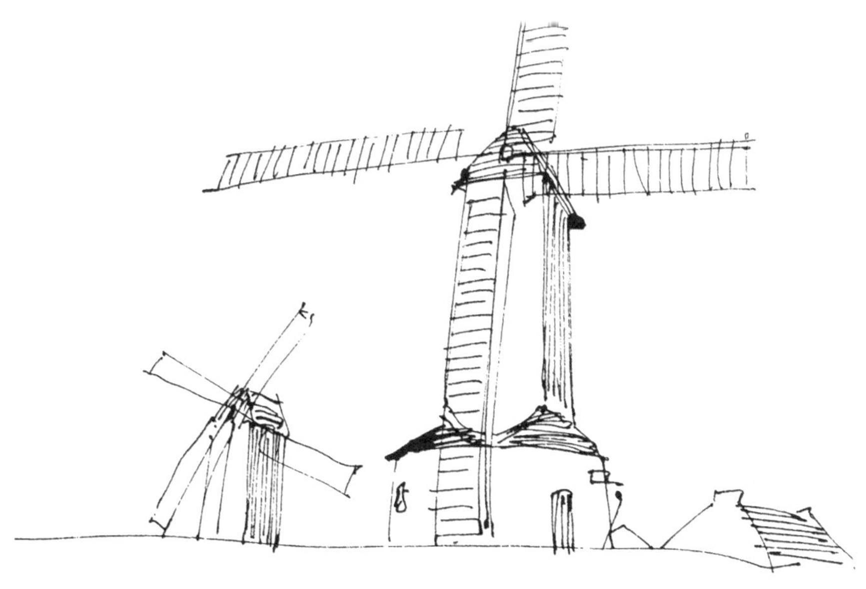

이 풍차는 한 차례 복원된 뒤 점차 사람들의 기억에서 잊혀졌고, 방치되었다. 그러다 1947년, 그 언덕 위에 새로운 풍차가 들어섰고, 나는 바로 그 풍차 옆에 텐트를 쳤다. 당시만 해도, 이 새로운 풍차 역시 몇 년 뒤인 1999년 폭풍우에 휩쓸려 무너질 줄은 몰랐다. 인간의 집요함이란 시시포스의 운명이나 딱정벌레의 집짓기처럼 어리석을 만큼 반복을 견디는 힘에서 비롯되는 것인지도 모른다. 풍차는 그 이후 다시 세워졌고, 멀쩡하고 당당하게 그 자리를 지키고 있다.

3월 9일

나는 리옹 교외를 지나 시속 50킬로미터 이상의 강풍이 부는 64일 가운데 어느 하루, 빌뇌브 다스크에 도착했다. 어느 건물의 발치에 앉아 올리유 풍차를 그리고 있을 때, 내 옆에서는 순회 서커스단 사람들이 작은 천막의 천장을 해체하고 있었다. 십 분도 채 지나지 않아, 내 손가락은 마치 냉동실에서 꺼낸 게맛살처럼 딱딱하게 굳어버렸다. 나는 이 무자비하고 이타심이라고는 눈곱만큼도 없는 바람이, 이 지역에서 '에코르슈 바슈'라 불리는 북풍임을 확신했다. 말뚝에 묶인 얼룩말에게도, 주변의 소 떼에게도 이 바람은 견디기 어려운 고통이었을 것이다.

올리유 풍차는 일반적인 풍차가 아니다. 이곳에서는 지역 특산물인 크라미크 빵에 들어갈 밀가루 대신, 아마씨를 갈아 기름을 짜낸다. 풍차의 외형 또한 남부 지역의 소형 탑형 풍차와는 거리가 멀다. 올리유 풍차는 발미의 풍차처럼 나무로 만든 '촛대형 풍차'에 가까운데, 더 비유적으로 말하자면 '대형 잠자리형 풍차'라 부르는 편이 정확할 것이다. 이곳은 '북부 풍차 친구들 지역 협회'의 본부이기도 하다.

나는 그곳에서 물레방아 전문가인 크리스티앙과 장을 만났다. 이 두 사람은 물이나 바람의 힘으로 움직이는 장치라면 무엇이든 꿰뚫고 있는 진짜 전문가들이었다. 내가 '뛰어난'이라 표현한 건 단지 그들이 친절했기 때문만은 아니다. 예컨대, 평행 치관이 수직 기어를 작동시키고, 그 동작이 무한 나사를 통해 어떻게 전달되며, 결국 베르통 시스템의 날개 개폐를 조절하는 삼각 구조로 어떻게 연결되는지를 마치 식은 죽 먹듯 설명해 낼 수 있는 사람들이었기 때문이다!

이틀 뒤, 크리스티앙은 나를 웜후트 풍차로 데려갔다. 그곳에서 나는 프랑스에 남아 있는 마지막 제분사 중 한 사람을 만날 수 있었다. 그는 나이가 꽤 지긋했지만, 이야기하는 것을 무척 즐기는 분이었다. "네, 바로 그거죠. 그건 그렇게 된 겁니다."라는 말을 주문처럼 반복했는데, 이는 한때 바람과 더불어 살아온 이들이 자주 사용하는 상투적인 문장이었다. 우리는 스텐보르드에 있는 세 개의 풍차를 둘러보았고, 저녁 식사는 근처의 작은 카페에서 마무리했다. 그곳에서 나는 보드게임에도 도전했지만, 크게 이기지는 못했다.

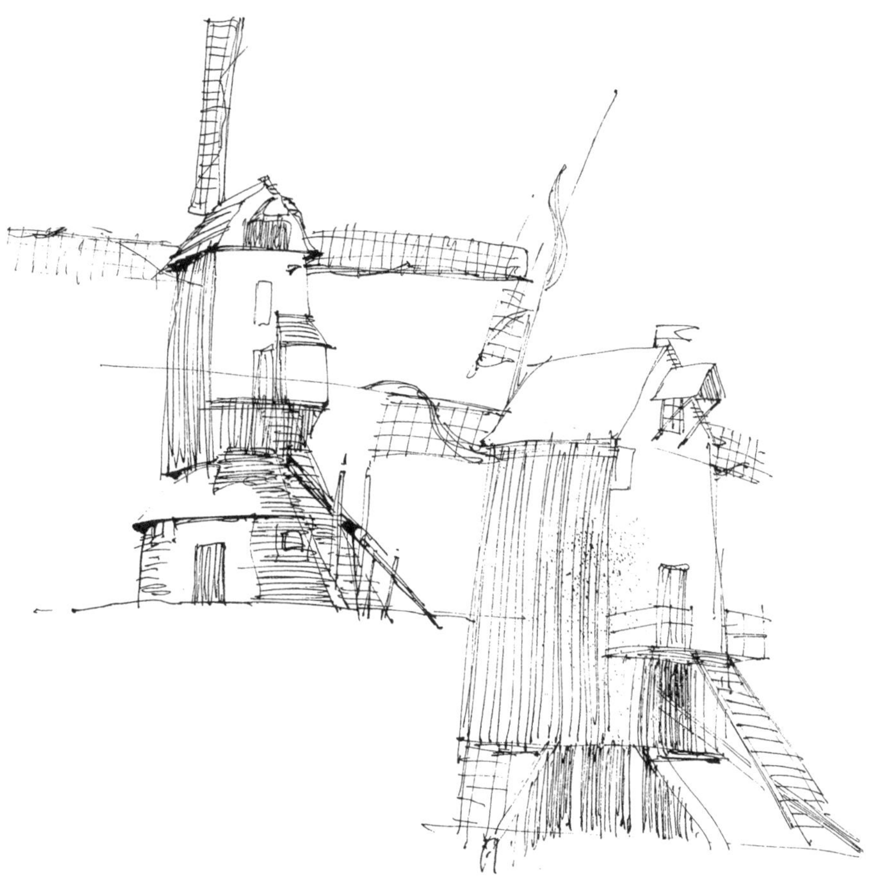

※ 빌뇌브 다스크의 풍차들

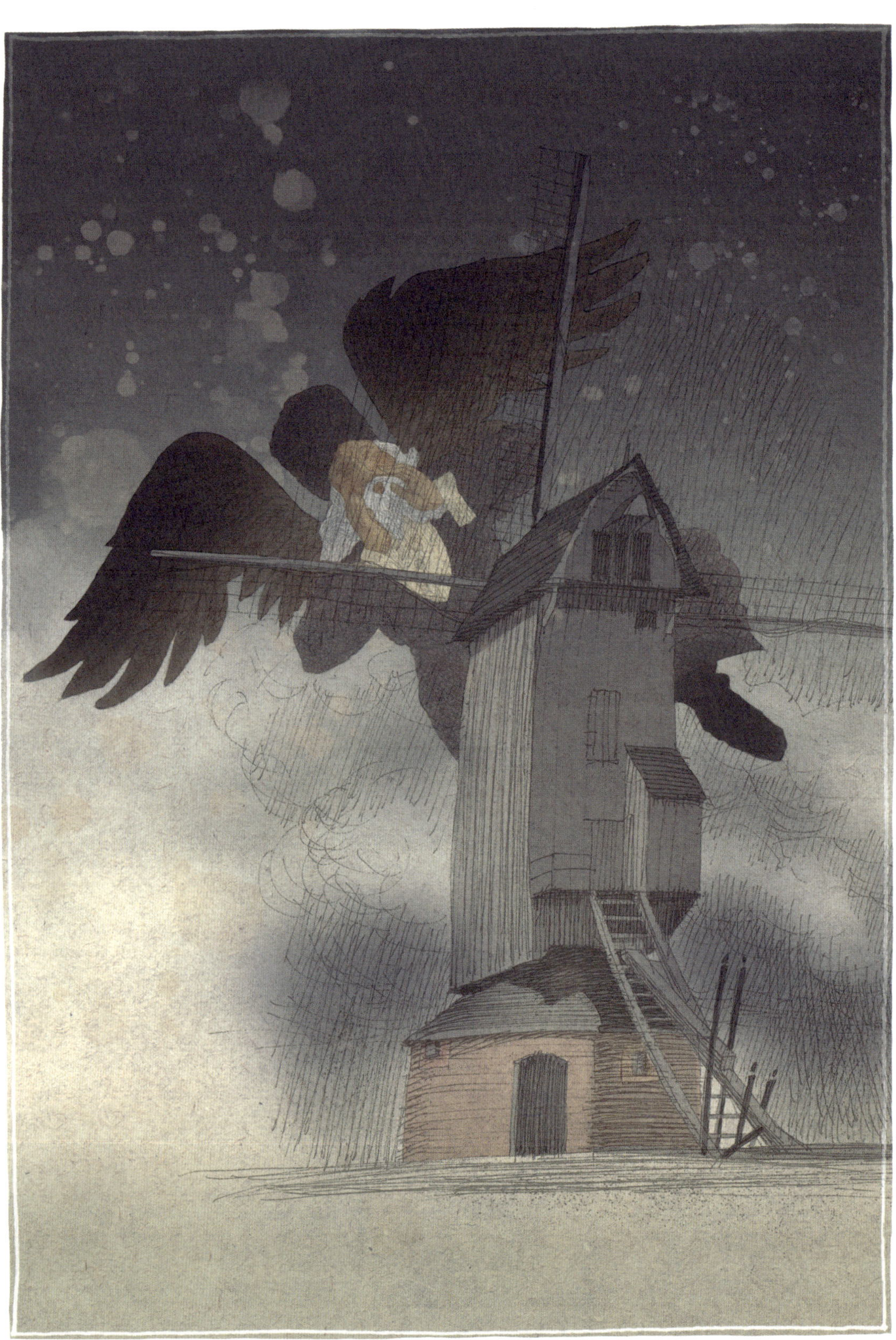

나는 밤을 틈타 카셀의 공원 안에 있는 페탕크(자신의 공을 목표인 작은 공에 가까이 던지는 것을 겨루는 구기 운동-역자 주) 경기장으로 들어갔다. 카셀은 플랑드르 평원을 내려다보는 위치에 자리한 도시다. 예전에는 이곳에서 다섯 개의 왕국 - 프랑스, 벨기에, 네덜란드, 영국, 그리고 하나님의 왕국 - 을 모두 내려다볼 수 있었다고 했다. 하지만 나처럼 신체적으로나 정신적으로 먼 것을 잘 보지 못하는 가벼운 근시에게 그 다섯 왕국이 뚜렷하게 보일 리 없었다. 그 대신 내 눈에 들어온 것은 단 하나, 바로 그 장대한 풍경이었다.

해 질 무렵 도시 외곽으로 뻗은 도로를 따라 걸을 때, 당시에는 주로 노란색과 빨간색이었던 자동차의 헤드라이트 빛을 따라 걷곤 했다. 그때의 나는 빛나는 별의 한복판에 있었다. 달은 푸른 슬레이트 색 하늘에서 포슈 총사령관의 기마상 실루엣을 또렷하게 만들더니, 한때 포도원 풍차였던 카스텔 뫼렌의 날개에 잠시 걸려 있었다. 프랑스 북부에서 3월의 맑은 밤은 곧 서리 내리는 밤이기도 하다.

도시를 벗어나려던 찰나, 경찰이 다시금 나에게 관심을 보였다. 나는 신분증과 그림을 보여주며, 최대한 고분고분하게 - 그들의 반말도 꾹 참아가며 - 내가 소란을 피우는 무질서 세력과는 전혀 무관한 사람임을 설명해야 했다.

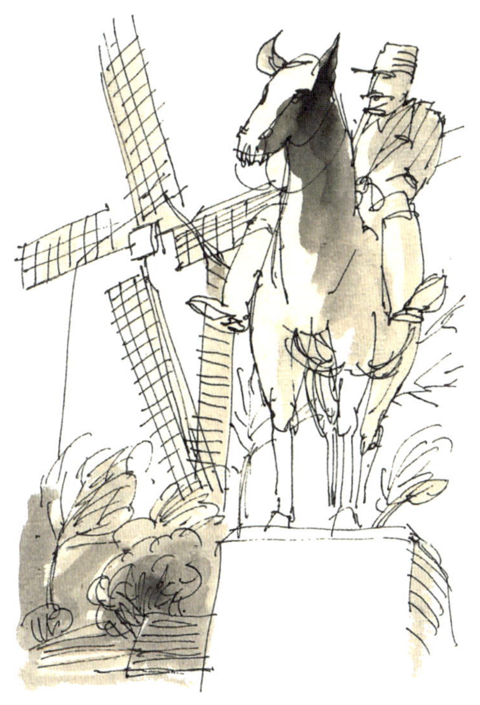

※ 빌뇌브 다스크의 바람 '에코르슈 바슈'(북부)
※ 카셀 풍차(북부)

※ 바람 '쉬루아'

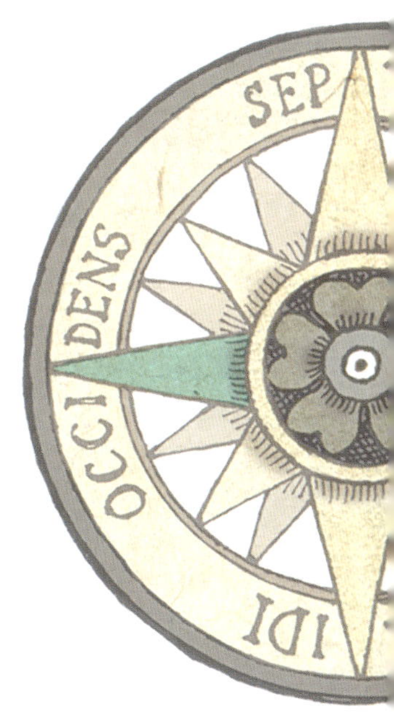

Chapter 3

서쪽의 바람

발길이 서쪽으로 향할 때

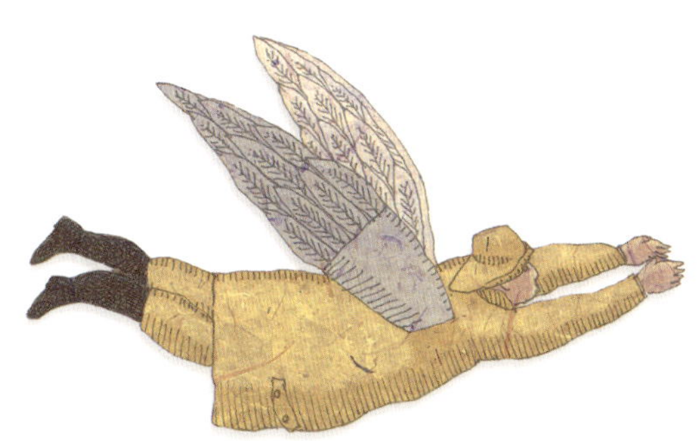

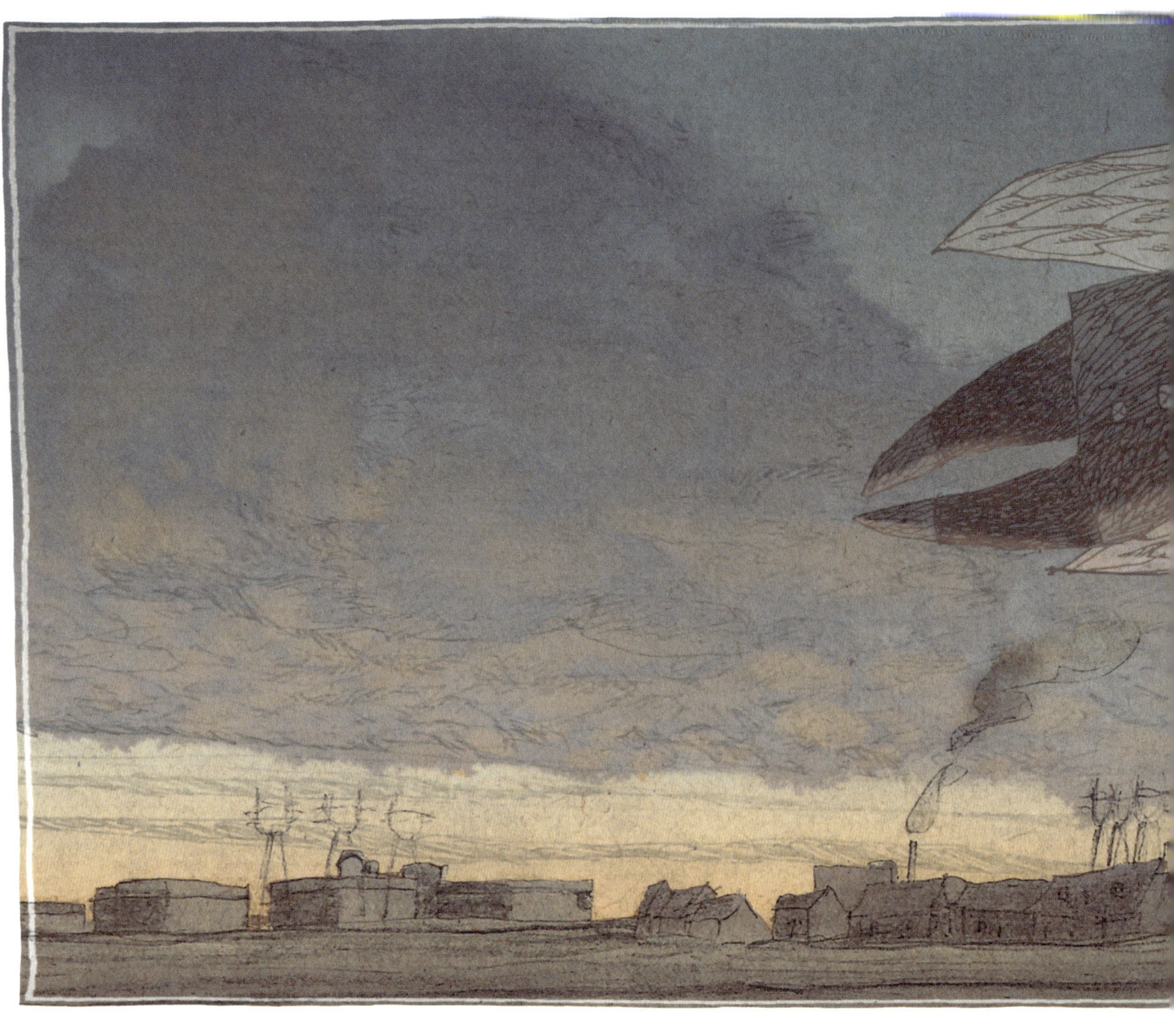

3월 16일

    그라블린 방향의 덩케르크를 지난 뒤, 나는 북해 인근에서 야영하기로 마음먹었다. 거의 다섯 달 동안 나는 산과 언덕, 도시와 강을 따라 걸으며 풍경들을 수집했지만, 바다를 마주한 건 그동안 한 번도 없었다. 수평선 너머로 시선을 던질 수 있다는 것만으로도 감정이 크게 고조되었기에(비록 그 너머에 보이는 것이 영국 해안일지라도) 나는 남은 10킬로미터를 빠른 걸음으로 내달렸다. 하지만 그 노력은 허망하게 무너졌다. 해안으로 향하는 길을 좀처럼 찾을 수 없었고, 간신히 찾은 길은 철조망에 가로막혀 있었다. 막다른 골목과 장애물들 사이를 헤매던 나는 칼레 입구에 겨우 도착했지만, 이번에는 도버 해협 해저 터널 공사 현장이 또 한 번 내 길을 차단했다. 결국 나는 코켈의 촛대형 풍차 근처에 텐트를 치기 위해 다시 돌아왔다. 그곳은 한때의 소박한 과거를 증명해 주고 있었지만, 오늘날 피라미드 같은 대규모 토목공사들로 인해 점점 사라져가고 있는 풍경이기도 했다.

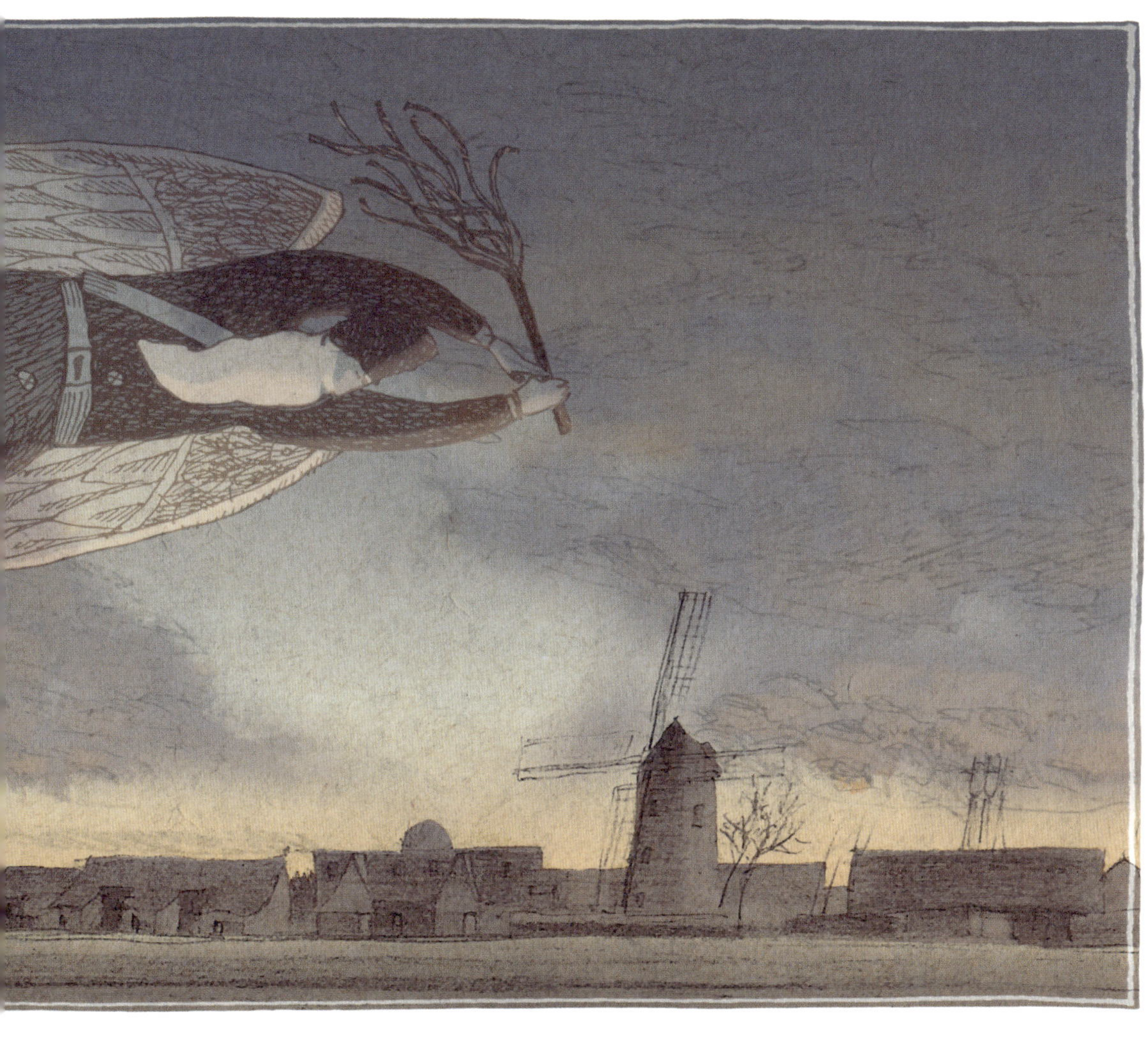

3월 28일

　들판 가장자리에 텐트를 치고 자던 중, 묘한 진동이 느껴져 잠에서 깼다. 조심스럽게 지퍼를 열고 머리를 내밀어 보니, 내가 약 서른 마리쯤 되는 소들 한가운데 놓여 있었다. 약간은 긴장할 수밖에 없는 상황이었다. 땅바닥에서 올려다보는 소들은 꽤 위압적이었는데, 덩치에 비해 뜻밖에도 조심성이 많은 동물이라는 사실도 알게 되었다. 소들은 텐트를 밟지 않고 풀만 뜯는 법을 알고 있었던 것이다!

　나는 소리를 질렀지만 그건 오히려 역효과를 가져왔다. 멀찍이 있던 소들까지 호기심이 발동해 내 쪽으로 몰려왔고, 텐트 앞에서 길을 막고 있던 소들은 요지부동이었다. 결국 나는 배를 바닥에 대고 몸을 비틀며, 필요한 물건들을 머리 위로 높이 쳐들고 팔을 뻗은 채 조심조심 텐트를 빠져나와야 했다.

✳ 그라블린 근처의 바람 '에코르슈 바슈'

날씨는 포근했고, 나는 루앙 근처 오빌에서 피에르의 풍차를 그리기 위해 데이지 꽃들 사이에 앉아 있었다. 남서쪽에서 불어오는 바람 쉬루아는 내가 알기로는 좀 더 거센 성질을 가졌지만, 그그날만큼은 부드럽게 불고 있었다. 목 뒤로 접힌 이상한 모자를 쓸 필요도 없을 만큼 잔잔한 바람이었다. 쉬루아는 퇴근길 바람처럼 느긋하게 휘파람을 불며, 소를 제외한 거의 모든 동물의 번식 본능을 깨워 생명의 창을 열어젖히는 데 한몫하고 있었다. 식물에게도 힘과 활력을 불어넣어, 새싹들이 유쾌한 푸르름을 세상 가득 드러내게 만들고 있었다. 마치 자연을 깨우고 봄을 재촉하는 바람 같았다. 그 축복받은 날의 행복감에 취한 나는 풍차 두 개를 그렸고, 그 덕을 톡톡히 보았다.

자주 반복하다 보니 거의 습관이 되어버린 일이지만, 여전히 어색한 순간이 다가왔다. 나는 먼저 정육점 진열창 너머로 주인의 기분이 괜찮은 날인지 아닌지를 가늠한 뒤, 문을 열고 조심스럽게 말했다. "안녕하세요, 저는 프랑스 도보 여행을 하며 풍차를 그리는 사람입니다. 오빌의 풍차 그림을 드릴 테니, 간단한 먹을거리를 좀 얻을 수 있을까요?" 퉁퉁한 주인 남자는 내 그림을 재빨리 훑어본 뒤, 줄 서 있던 두 할머니에게 큰 소리로 외쳤다. "오, 노숙자들이 다 이렇게 구걸한다면야 얼마나 좋겠어!" 그의 말이 큰 의미가 있다고는 할 수 없었지만, 어쨌든 나는 이틀 동안 리예트(프랑스식 고기 요리)를 포크로 떠먹는 호사를 누릴 수 있었다.

4월 9일

나는 폰토르송 마을 위의 모이드레 풍차 근처에서, 숨 막힐 듯 아름다운 절경을 감상할 수 있는 명당 자리를 찾아냈다. 10여 년 후, 이 풍차는 복원될 것이다. 나는 그 풍차가 만들어낼 화려한 엽서의 모습을 상상해 본다. 날개를 활짝 펼친 풍차 앞에 저 멀리 몽생미셸이 아득하게 펼쳐진 장면. 그보다 완벽한 관광안내소의 엽서가 또 있을까?

나는 온갖 바람에 노출되어 있었지만, 작은 만에서 이틀 동안 만난 바닷바람은 특별했다. '쉬에'라 불리는 남동풍은 어느 날 슬쩍 나타나 장난을 친다. 까치발을 들고 우쭐대다가도 너무 많은 것을 요구받을까 봐 슬며시 두 소나무 사이에 걸린 해먹으로 돌아가곤 했다. 마치 남동쪽에서 온 예술 애호가처럼 말이다.

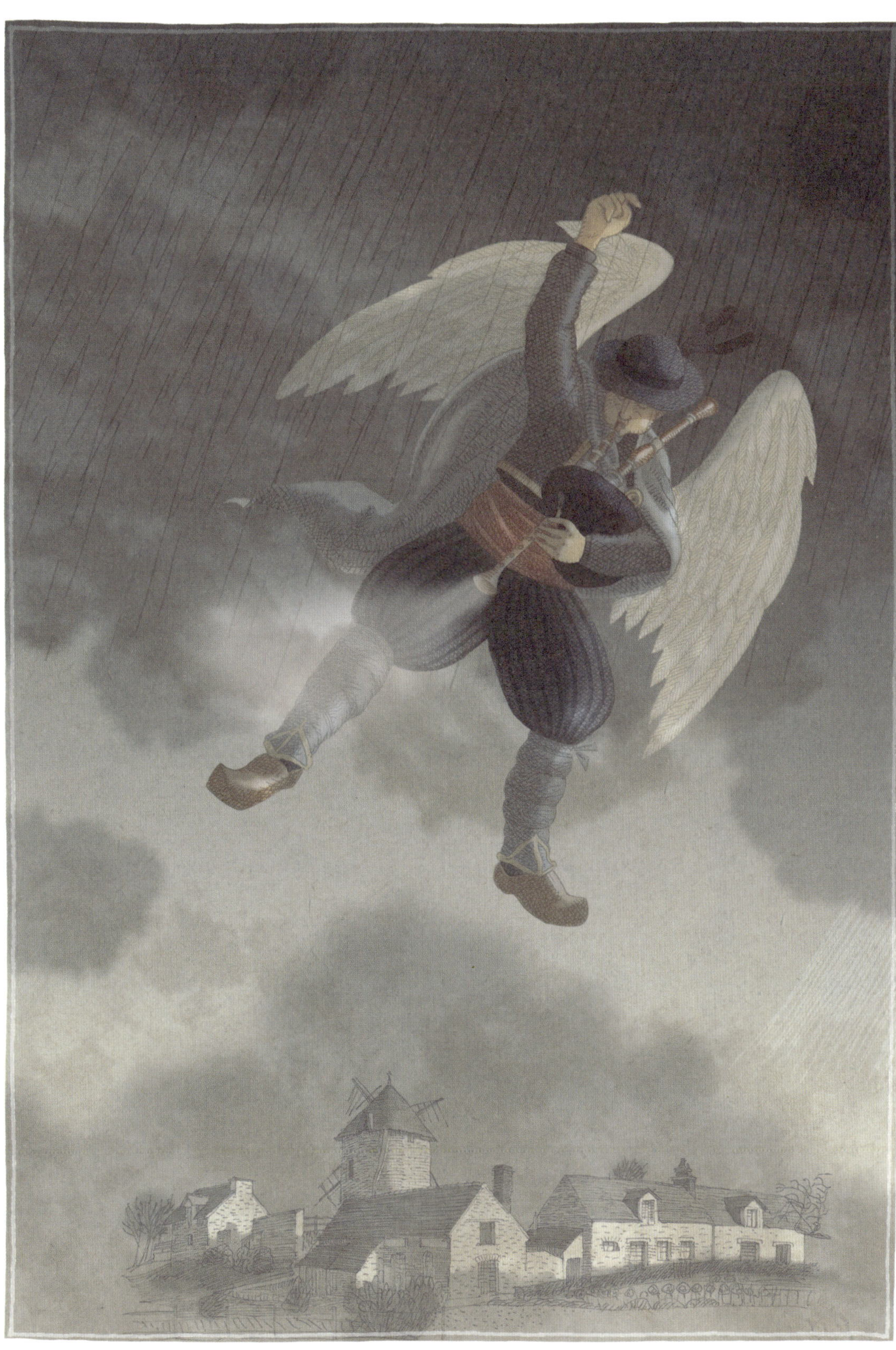

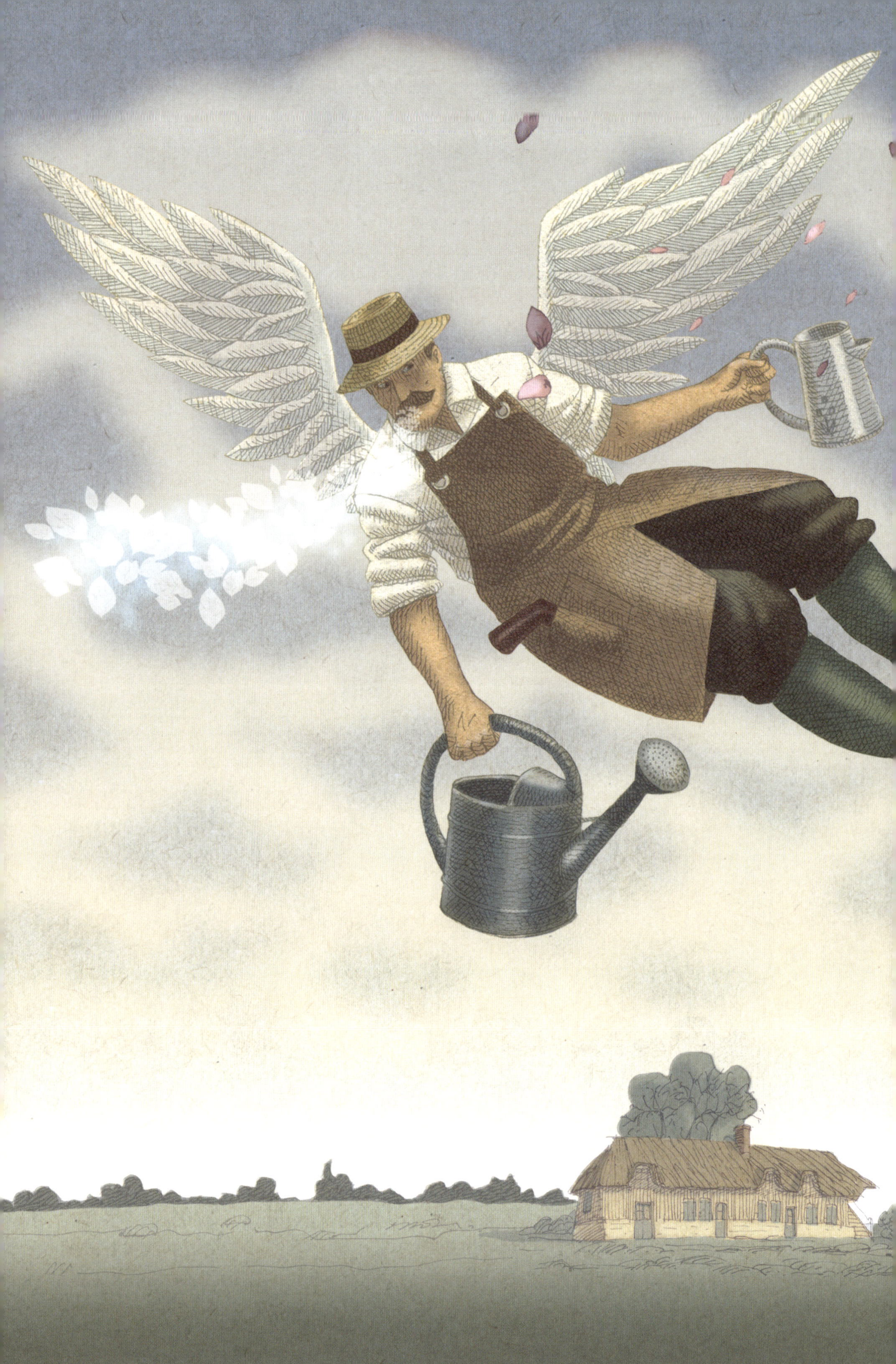

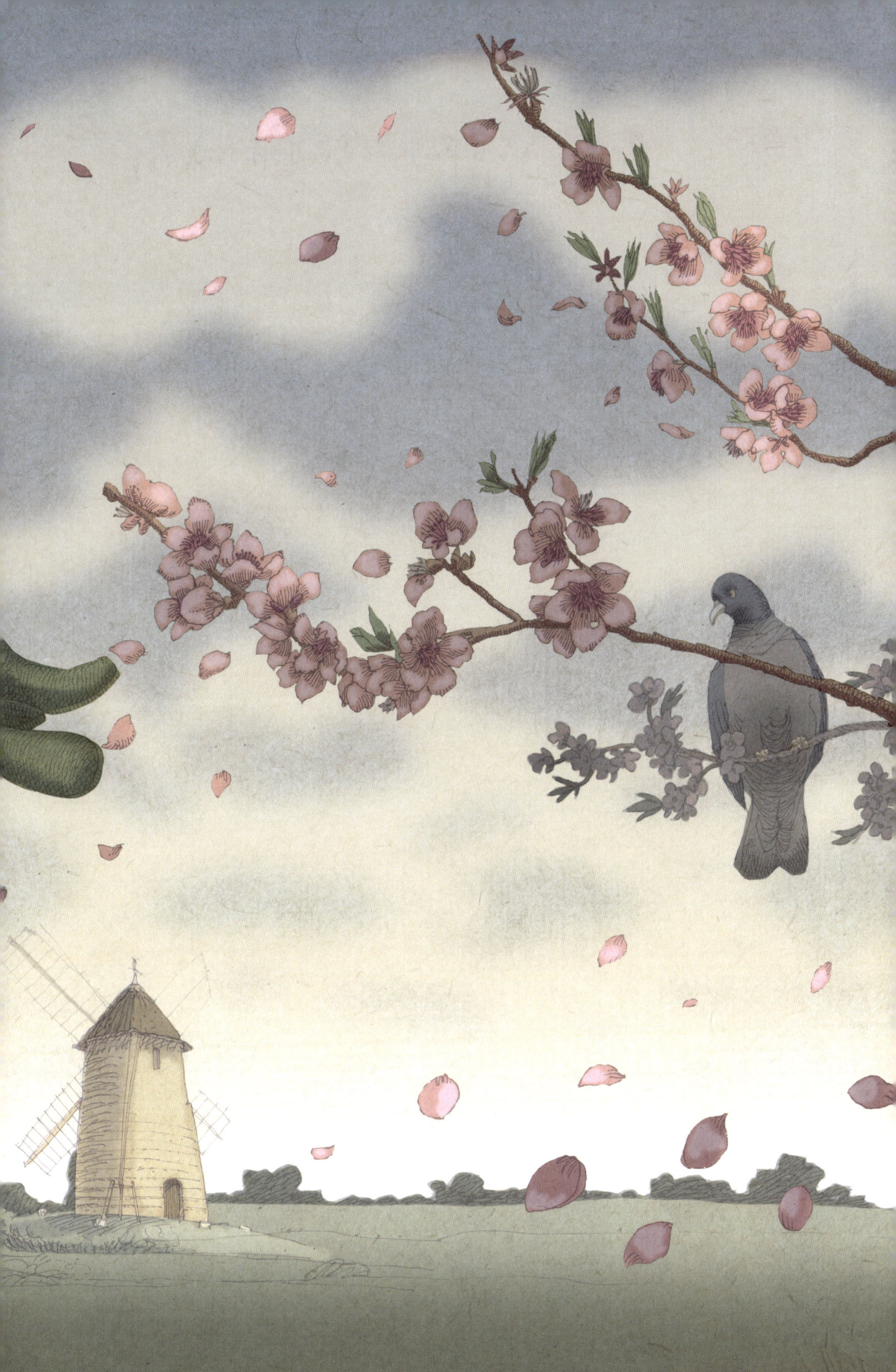

브르타뉴 사람들은 그 바람을 '제브레'라고 부른다. 그들은 "남동풍이 불면 여자아이들은 놀고 싶은 마음이 간절하다."라는 말을 즐겨 한다. 브르타뉴 사람들에 대해 조금이라도 알게 되면, 이 말이 단순히 사방치기 놀이 같은 것을 의미하는 게 아니라는 사실을 자연스레 깨닫게 된다.

4월 10일

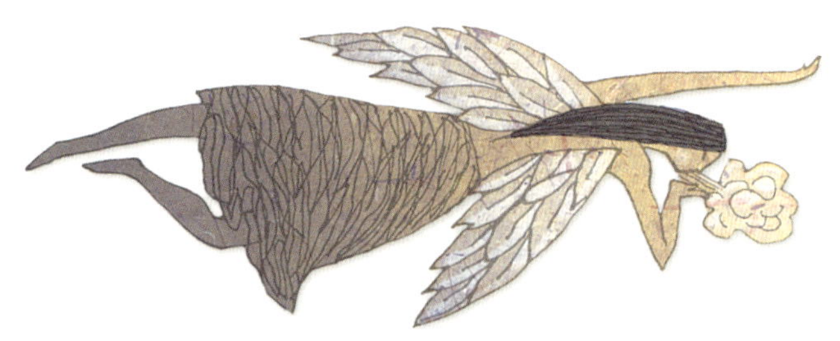

바닷가와 셰뤼엑스 마을의 풍차들 아래에서 지내는 밤은 편안했다. 고요한 새벽의 여명, 짧게 지나가는 개와 늑대의 시간, 약한 미풍이 텐트의 이중 지붕을 살며시 흔들었다. 황혼 녘에도 이런 속삭임과 다시 마주하곤 했다. 과거 루아르강의 선원들과 제분업자들은 밤과 낮, 물과 땅, 고지와 계곡 사이의 온도차로 인해 생기는 이 바람을 '레장트'라 불렀다.

그 스쳐 가는 바람은 내게 기상 시간을 알렸다. 나는 먼저 어젯밤에 사용한 소소한 물건들을 작은 손가방에 정리해 넣었다. 양초와 양초 받침으로 썼던 반쪽짜리 카망베르 치즈 통, 쓰레기통에서 주운 유일한 책(마르셀 프루스트의 《소돔과 고모라》), 노트와 연필 몇 자루 등이었다. 다음으로 침낭을 말아 쓰레기봉투에 싸서 배낭 바닥에 밀어 넣고, 베개로 사용했던 두 번째 스웨터를 꾹꾹 눌러 덮었다. 밤새 스펀지 매트 아래에 넣어 따뜻해진 청바지와 재킷도 입었다.

나는 시계 방향으로 천막 주변을 돌며 이중 지붕의 네 모서리를 하나씩 떼어내고, 엄지와 검지를 사용하여 텐트를 프레임에 고정하는 장치를 분리했다. 마지막으로 두 개의 텐트를 최선을 다해 돌돌 말아, 접어 놓은 두 개의 기둥과 함께 케이스에 넣어 정리했다. 여행을 시작한 후 150번 이상 반복한 작업이니만큼, 이제는 별 고민 없이 3분 만에 끝낼 수 있었다.

나는 오른팔로 힘껏 배낭을 어깨에 둘러메고, 모래 요트의 도시이자 당근의 도시인 셰뤼엑스를 떠나기 전에, 제방 위에 있는 네 개의 풍차를 그리러 갔다. 그중 하나인 살리네 풍차는 훗날 자기 날개를 되찾게 될 것이다.

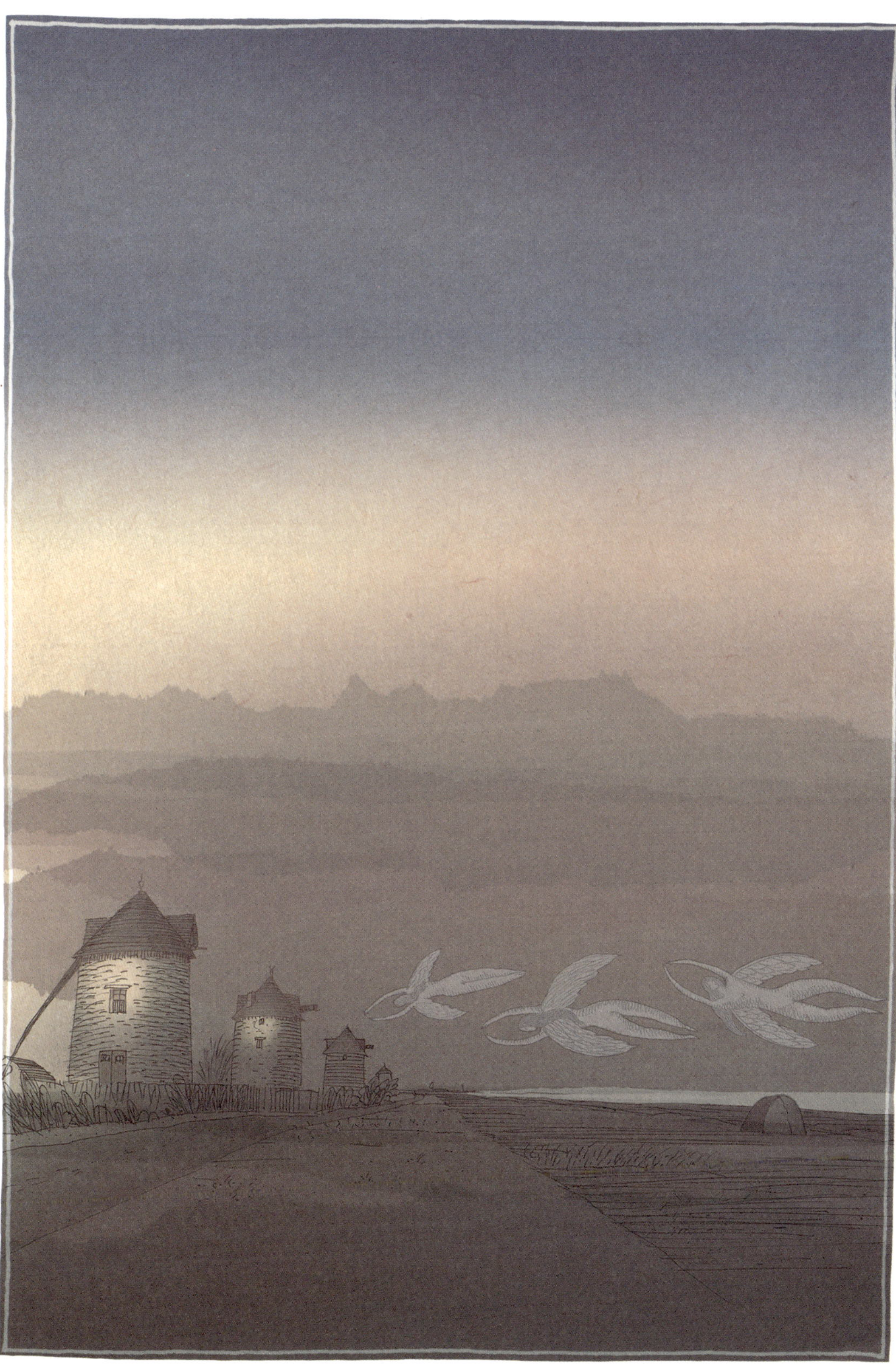

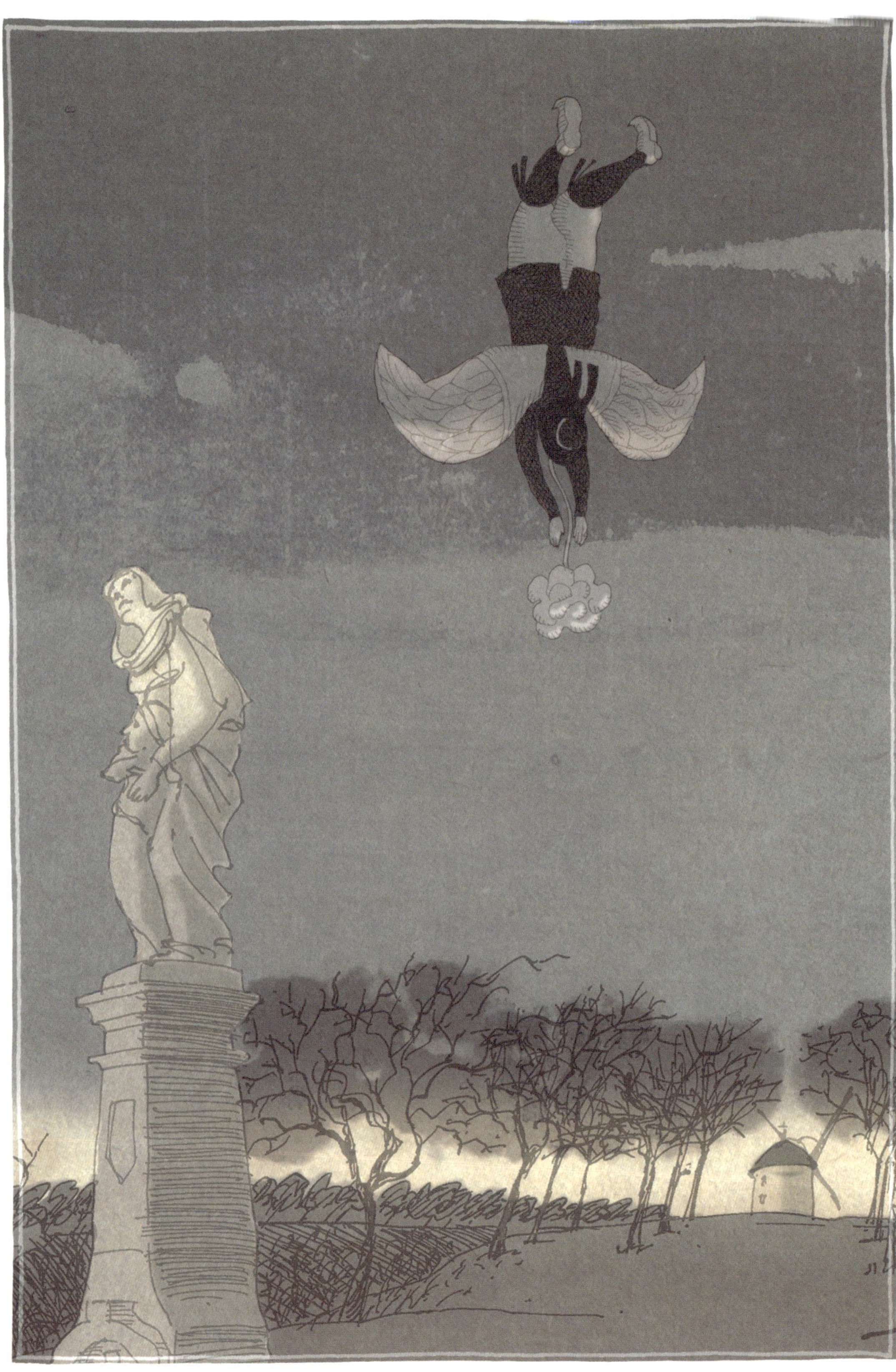

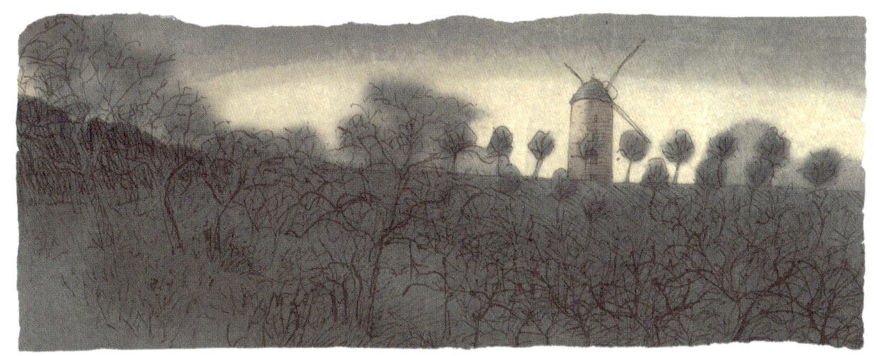

디낭을 나서면서, 생 장 드 디외 병원 구내의 높은 담장으로 둘러싸인 들판 한가운데에 있는 커다란 풍차와 마주쳤다. 나는 그 풍차를 그리고 싶어 병원 프런트에 들러 접근 허가를 요청했다. 그러자 직원이 병원장에게 전화를 연결해 주었다. 내가 다시 사정을 설명하자, 병원장은 "오늘 오후에 선생님이 배낭을 메고 도로를 걷는 모습을 봤습니다."라며 흔쾌히 허락해 주었다.

공원에 자리를 잡고 앉자, 코르노그 바람이 나를 방해하기 시작했다. 이 바람은 브르타뉴를 가로질러 서쪽에서 불어오는 바람으로, 남쪽의 미스트랄처럼 나를 괴롭히는 데 쾌감을 느끼는 것 같았다. 바람은 내 스케치북을 계속 휘리릭 넘겨버렸다! 나는 왼손으로 스케치북을 꽉 누르며 저항했지만, 그 교활한 바람은 끝내 자신의 계획을 실행에 옮기고야 말았다. 10여분 동안은 바람을 잊고 있었는데, 그림을 다 그린 후 스케치북을 풀밭에 놓자마자, 기다렸다는 듯 되돌아온 바람은 잉크가 채 마르기도 전에 다음 페이지를 덮어버렸다. 영악하고 고집스러운 바람.

무슨 원한이라도 있는 걸까? 나는 문득 왜 전국 뉴스 채널의 일기예보에서는 미스트랄, 트라몽탄, 또 점점 더 자주 등장하는 남서풍 오탕은 언급하면서, 브르타뉴 지방의 바람은 전혀 언급하지 않는지 궁금해졌다. 브르타뉴 바람을 언급하는 일기예보는 남다른 자존심을 가질 것 같았다. 가령 "광풍 수준의 바람이 브르타뉴와 도버 해협에 저녁 무렵 불어닥칠 것이고, 노출된 곳 지역에서는 시속 100킬로미터에 달하는 강한 돌풍이 예상됩니다."라는 예보 대신, "오늘 오후, 코르노그가 시골에서 조깅할 예정이며, 해안에서 주말을 보내기 위해 서둘러 가는 페르 바나르('바나르 영감님'이라는 뜻의 브르타뉴 지방 바람-역자 주)를 만날 것으로 보입니다."라는 일기 예보도 가능할 것이다. 이제 코르노그라는 이름조차 더 이상 입 밖에 내지 않는 만큼, 노르망디에서 불어오는 그의 분신 같은 바람 페르 바나르를 아는 사람은 더더욱 드물 것이다. 인간이 지배하는 시대를 살아가는 우리는, 이런 세세한 일들에는 점점 더 무관심해지고 있는 것이다.

✳ 디낭에서 나를 귀찮게 하는 바람 '코르노그'(코트다르모르)

수백 킬로미터에 걸쳐 해안 길을 그렇게 열심히 걸어왔지만, 봄이면 다섯 주 동안 유급 휴가를 즐기는 코르노그의 존재를 알아채려면 꽤나 세심한 주의가 필요했다. 지금 그 바람은 자기 오두막에서 한가롭게 쉬고 있는 중이다.

구름이 줄지어 흐르는 하늘을 바라보며 팔을 베고 풀밭에 누워 있으면, 안개구름 사이로 '3월의 암말'이라 불리는 바람이 모습을 드러낸다. 이 바람은 코르노그와 같은 방향에서 불어오지만, 벌판을 발굽으로 내리치듯 질주하며 달려오고, 그 결과 설명할 수 없는 자연의 메커니즘으로 인해 어느 순간 꽃봉오리 하나가 갑자기 터지기도 한다.

나는 병원 부지 한가운데 세워진 카스포 풍차 아래에서 종종 잠을 청하곤 했다. 한때 전원의 한가로운 정원 속에 외따로 서 있던 이 풍차는 이제 더 이상 고립된 존재가 아니다. 꽃밭과 주차된 자동차, 신축된 집들 사이에서 이젠 다소 수줍고 어색한 표정으로, 마치 낯선 이웃을 맞이하듯 그 자리에 조용히 서 있다.

4월 13일

돌드브르타뉴 대성당 옆에 있는 작은 공원의 덤불은 내 천막이 눈에 띄지 않도록 하는 데 안성맞춤인 곳이었다. 다음 날 아침, 나는 디낭 쪽으로 가는 도로변을 걷고 있었는데, 자동차 한 대가 멈춰서더니 운전자가 나를 태워주겠다고 했다. 나는 다른 사람이 먼저 제안했을 때만 차를 이용한다는 나름의 규칙이 있었기 때문에 그 제안을 받아들였다.

브르타뉴 출신임을 자랑스럽게 여기는(그렇지 않았다면 오히려 더 이상했을 것이다) 그 빵집 사장님은 그날 하루 휴가 중이었는데, 나의 여행에 관심을 가지며 생 마글루아르 드 레옹 수도원으로 나를 초대해 주었다. 그가 이 수도원을 무척 자랑스러워하길래, 나는 단돈 10프랑에 그를 주인공으로 수도원 안에 앉아 있는 모습을 그려주겠다고 제안했다. 당시 내 수중에는 고작 5프랑밖에 없었기 때문이다. 그는 그림이 완성되기까지 30분 넘게 참을성 있게 기다려주었고, 마지막에는 20프랑을 내게 건넸다. 그 후 나는 다시 느릿느릿 생브리외 쪽으로 걸어가기 시작했다.

바람은 훨씬 더 역동적이며, 아주 빠르게 달릴 수 있다. 특히 브르타뉴 해안에서는 더욱 그렇다. 몽생미셸 만(灣)에서는 이미 말이 전속력으로 달릴 때보다 더 빠른 속도로 불어온다.

※ 생 미셸 풍차에 느닷없이 불어 닥치는 바람 '생 케 포트리외'(코트다르모르)

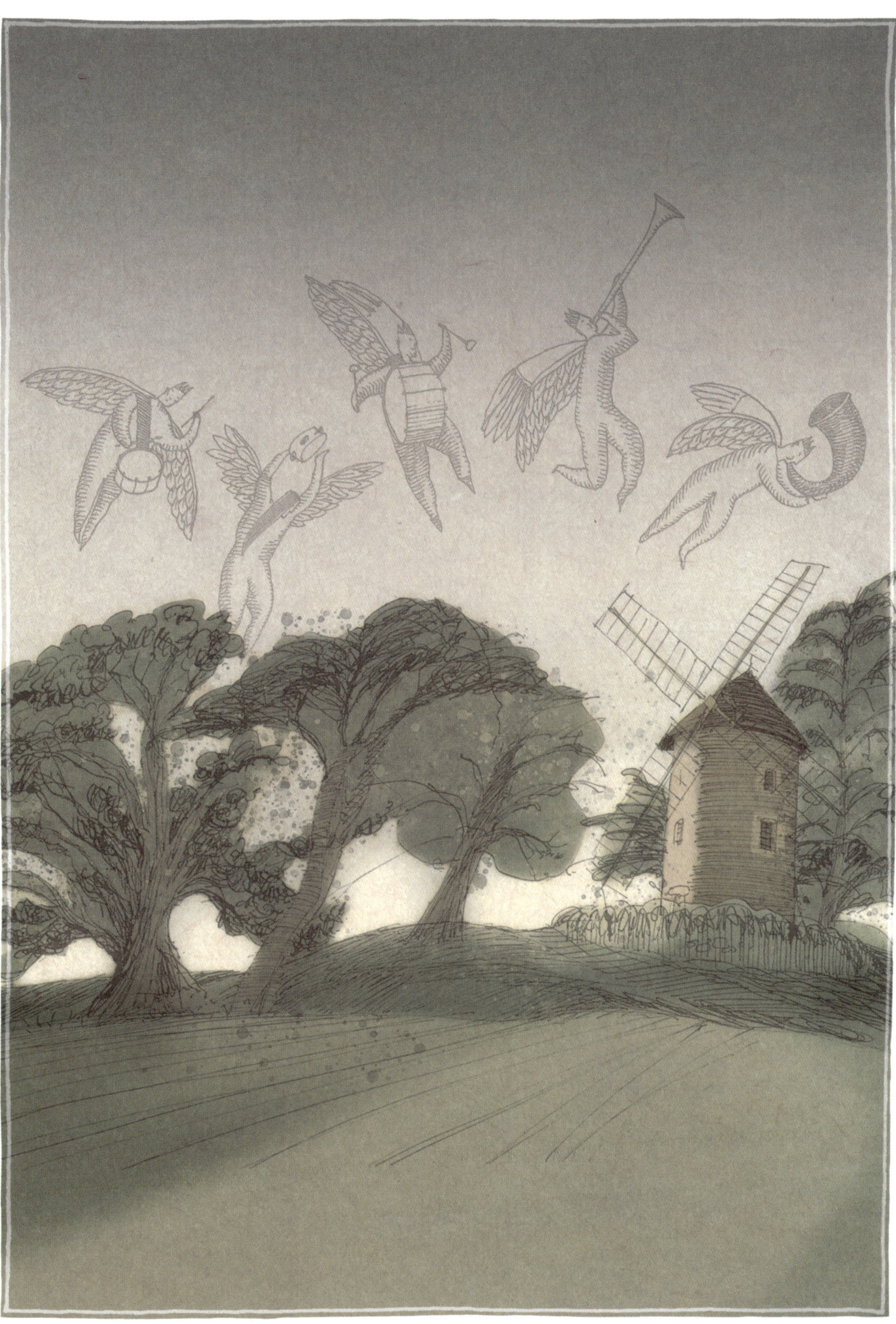

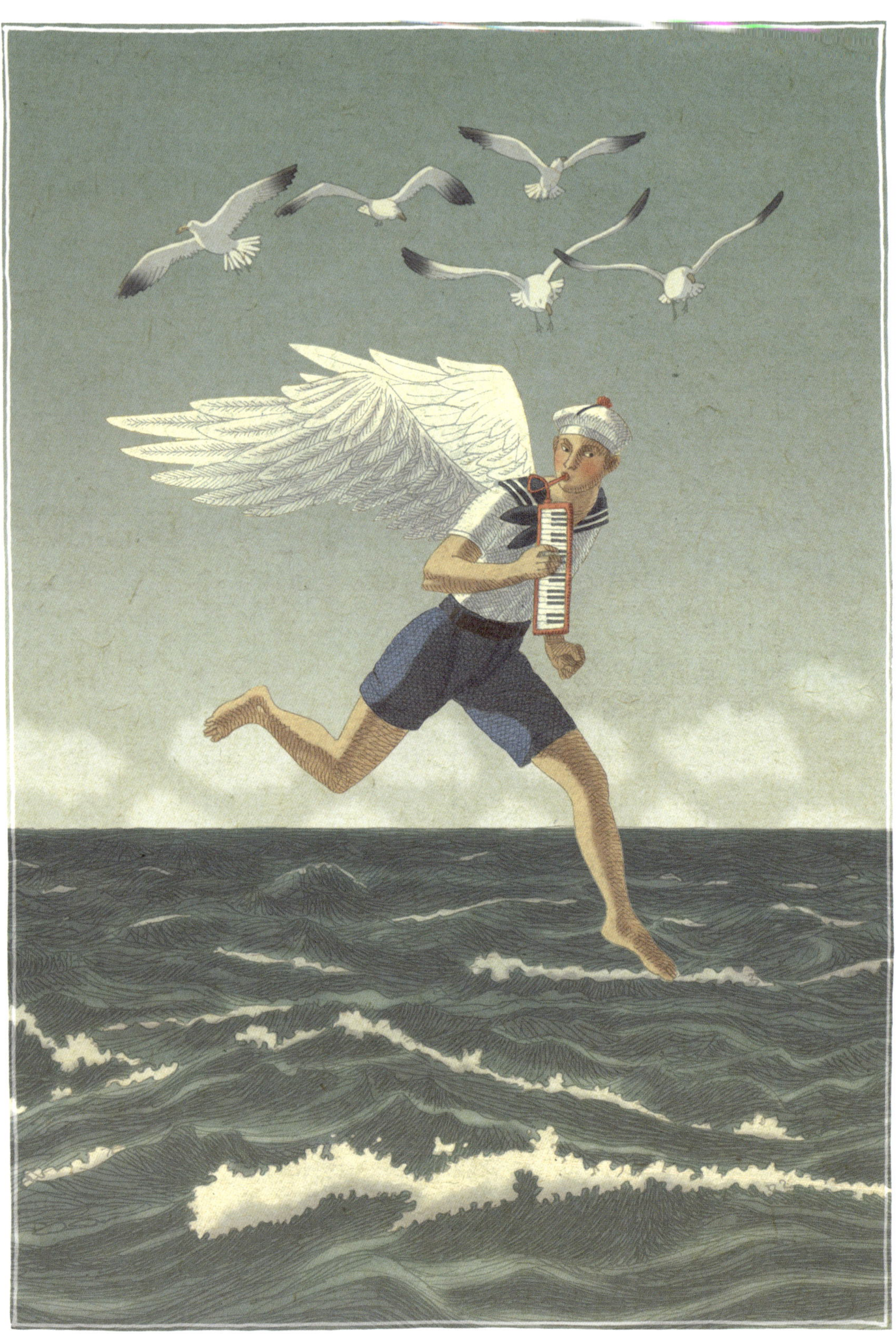

이 뛰어난 능력 덕분에 바람은 기차보다 늦는 경우가 절대 없으며, 특히 비본에서는 정차하지 않고 역을 통과하는 TGV를 따라잡을 수도 있다. 이 바람의 속도를 정확하게 측정하는 방법이 하나 있다. 가벼운 물체, 예를 들어 TGV 티켓을(이미 사용한 티켓이 더 좋다) 바람에 날리고, 그것이 일정 거리를 이동하는 데 얼마나 걸리는지 계산하면 된다. 이것은 아주 간단한 원리로(하지만 생각해 내기는 어렵다), 프랑수아 셀레스탱이라는 사람이 설명한 것이다. 그가 멍청한 사람이어서 이런 방식을 이야기한 것은 절대 아니다. 그는 국왕의 함선 중위였고, 여러 학술 단체의 회원이었으며, 1785년에는 《바람의 이론》이라는 책으로 디종 과학 아카데미로부터 상까지 받은 사람이다.

4월 17일

나는 생 케 포트리외 해변의 야외 숙소들 근처에서 잠을 청했다. 무덤 같은 텐트 안에서 불면증의 해결책을 찾는 것은, 밤에 소금기 있는 바닷바람 속에서 낮에 비에 젖은 바지를 말리는 것만큼이나 까다로운 일이다. 그래서 나는 텐트를 나와 바닷가를 따라 거닐기로 했다.

나는 손전등을 장비 목록에 넣지 않았다. 첫 번째 이유는 배낭이 무거워지고 배터리를 계속 갈아야 하는 번거로움 때문이었다. 두 번째 이유는, 무엇보다 텐트 안에서 손전등을 켜는 일이 야영 중 필요한 조심성을 해칠 수 있었기 때문이다. 게다가 야외에서 생활하다 보면, 매일 걷는 삶이 사람을 거의 올빼미처럼 만들어버린다. 밤에도 점점 더 잘 보이게 되는 것이다. 가끔 작은 양초를 켜기도 했지만, 그것조차도 대부분은 손가락을 데우는 데 쓰였다. 물건들은 매일 밤 정확히 같은 자리에 두었기에, 한밤중에 불을 켜지 않고도 쉽게 찾을 수 있었다.

하지만 그날 밤, 고엘로 해안에서는 사방이 너무 어두워 결국 길을 잃고 말았다. 약간의 공황 상태 속에서 텐트를 되찾는 데는 상당한 시간이 걸렸다. 갖은 고생 끝에 겨우 텐트를 찾았지만, 이미 누군가가 자리를 차지하고 있었다. 꿈의 신, 모르페우스가 나보다 먼저 다녀간 것이었다.

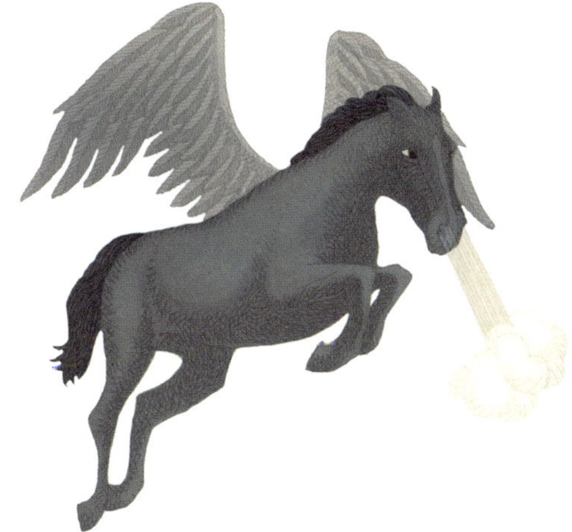

※ 봄옷을 입은 북동풍 '노르데'가 도버해협에서 웨상 섬을 향해 불어온다.
※ 바람 '3월의 암말'이 발굽으로 땅을 사납게 두들겨댄다.

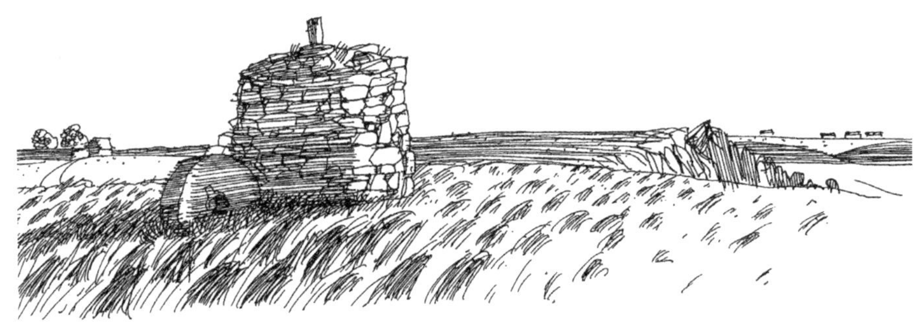

4월 19일

나는 다시 한번, 프랑스 전역의 모든 페탕크 선수들에게 마음속 깊은 감사를 전했다. 이들이야말로 운동장을 항상 깨끗하고 배수가 잘되도록 유지해 주는 분들이기 때문이다. 덕분에 나는 텐트를 설치할 때마다 예상치 못한 특별한 편의를 누릴 수 있다.

다음 날 밤, 나는 성(聖) 기렉의 작은 예배당 근처에 있는 플루마낙 공원으로 피신했다. 다음 날 아침에 크락의 황무지에 있는 풍차를 그리기 위해서였다. 평소처럼 시청의 허가 없이 텐트를 설치했지만(어차피 이 시간은 공무원들이 퇴근한 뒤였다), 적어도 성인 기렉은 내 죄를 용서해 주었을 거라 믿는다. 그 역시 성인의 삶 중 두 해를 울창한 숲 가장자리의 어두운 골짜기에서, 나뭇가지로 지은 작은 움막에 살며 금욕과 고독의 시간을 보낸 사람 아닌가.

4월 23일

브레스트에서 콩케까지는 특별히 히치하이크로 이동했다. 13시 30분 이전에 도착해, 육지에서 웨상 섬으로 향하는 프롬뵈르 호에 탑승하기 위해서였다. 육지든 바다든, 발가락 하나 까딱하지 않고 그렇게 먼 거리를 이동하는 기분은 정말 짜릿했다! 몰렌 섬 근처에 이르자, 작은 페리선 '닥터 트리카르'가 우리 배에 바짝 붙어 승객 절반을 옮겨 태워 갔다.

※ 웨상 섬의 풍차 기둥(피니스테르)
※ 웨상 섬에 부는 해양성 북동풍 '노르데'

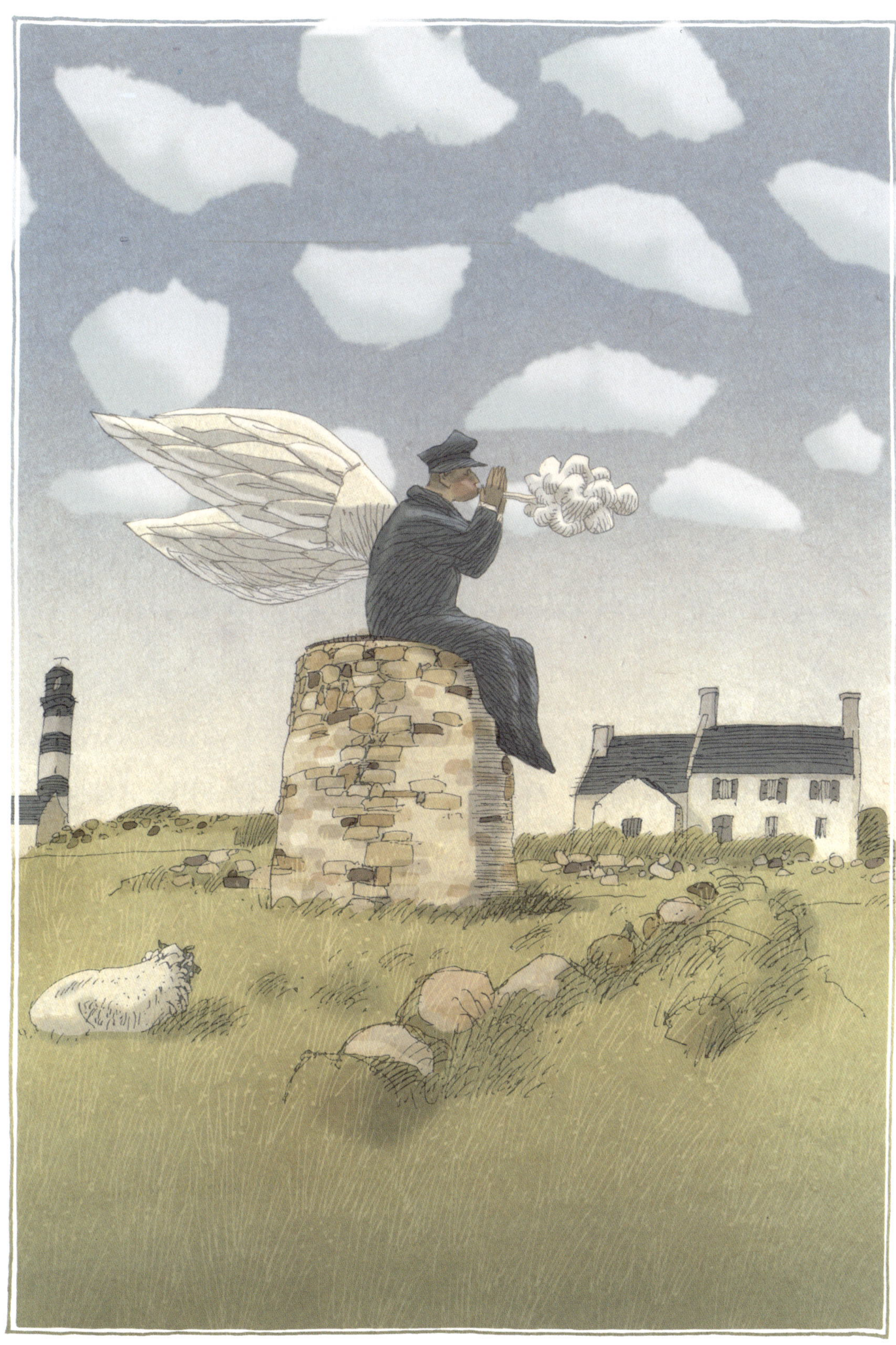

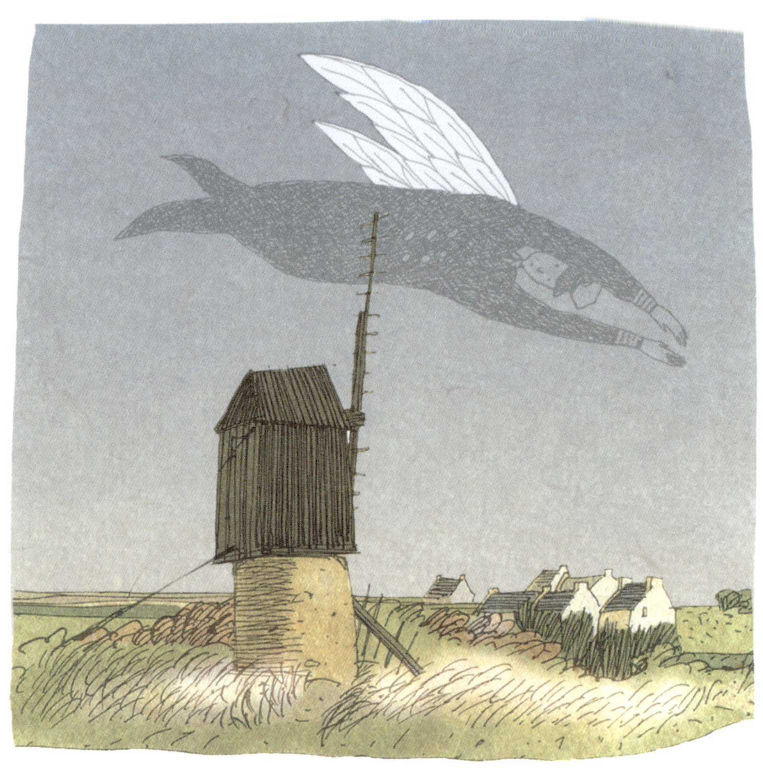

　나는 부즈장 요새 근처에서 첫 번째 밤을 보냈고, 이튿날에는 화창한 햇살 아래 오래된 작은 풍차의 받침돌을 수도 없이 그리며 하루를 보냈다. 19세기에는 이런 풍차들이 실제로 거의 모든 집마다 하나씩 있었다고 한다. 바다로 떠난 뱃사람 남편을 대신해, 집에 홀로 남은 여성들이 대부분 사용했다. 이 풍차는 말하자면 로봇 가전제품의 조상 격으로, 하루에 보리 한두 자루를 빻을 수 있었다.

　이들 풍차 중 두 개는 복원되었지만, 바람이 빈번하고 지속적으로 불어오기 때문에 나무로 만든 날개는 시간이 지나면 반드시 손상되기 마련이었다. 나는 그중 하나인 카라에스 풍차 아래에서 양들과 함께 풀밭에 누워 달콤한 낮잠에 빠졌다. 하지만 유럽 대륙의 끝자락, 세계의 서쪽 끝에 위치한 펭탕 벨랑 근처에서는 하룻 밤을 꼬박 새울 수밖에 없었다. 세 개의 강렬한 등대 불빛이 끊임없이 텐트를 비추며 지나가, 마치 텐트 안이 클럽처럼 번쩍거렸기 때문이다.

그날 오후, 나는 북동풍 노르데가 해안가에 핀 히스(또는 헤더) 사이에서 노래하는 소리를 들었다. 봄이 브르타뉴 반도에 자리를 잡을 무렵, 이 바람은 하늘을 맑고 선명한 푸른빛으로 물들이고, 태양이 대지를 따뜻하게 데우는 일을 도왔다. 내가 바닥에 길게 누워 깊은 잠에 빠져 있는 동안, 북풍 노르데는 나를 깨우지 않으려고 조심조심 나를 지나쳐 주었다.

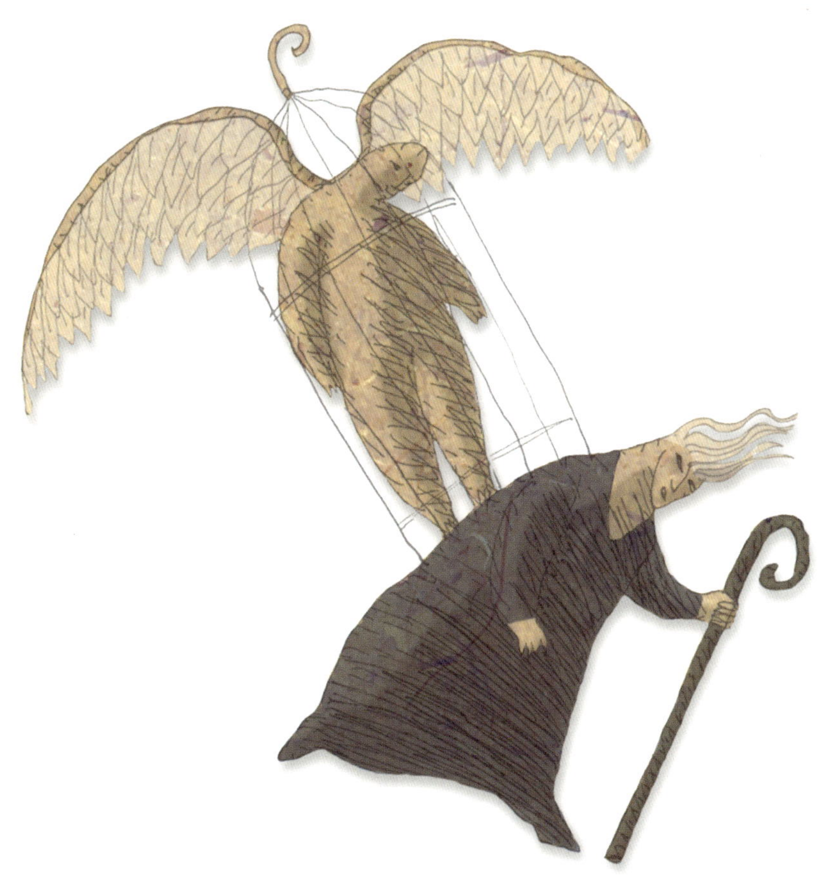

❋ 웨상 섬 상공의 해군복 차림의 '노르데'
❋ 일드셍 섬의 아홉 명의 갈리아 여사제 중 하나. 이 여사제들은 바람을 붙잡아 조종할 수 있는 능력이 있었다고 한다.
　여행 중 포장지에 그린 그림

✳ 노르망디 지역에 부는 서풍 '페크 비가로'

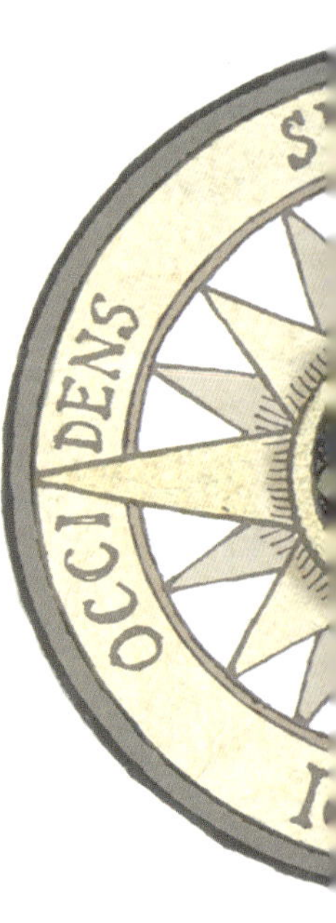

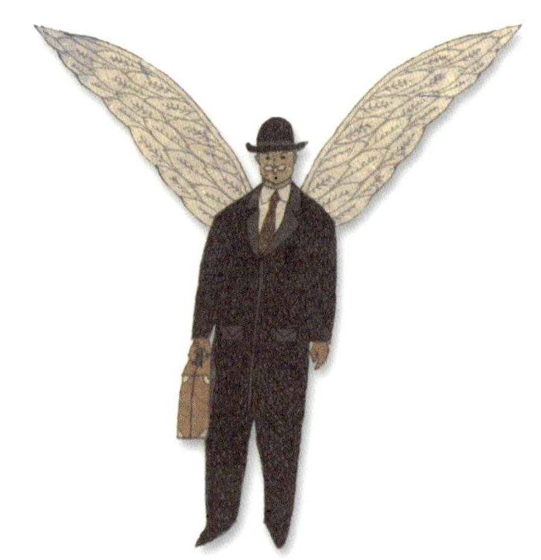

Chapter 4

동쪽의 바람

발길이 동쪽으로 향할 때

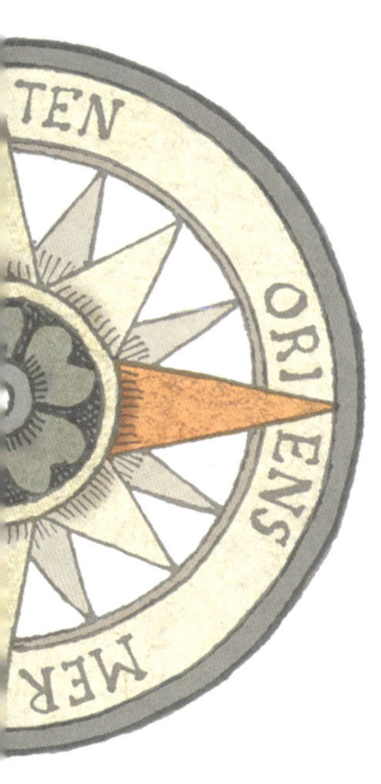

4월 29일

저녁 시간이 점점 더 길어지면서, 텐트 안보다 텐트 밖에서 보내는 시간이 많아
졌다. 에르드방에서는 밤이 깊도록 나르본의 풍차를 그렸다. 그 탑의 외장은 석회
로 마감되어 있었는데, 달걀흰자를 듬뿍 넣은 몽떼리마르 누가의 질감을 떠올리
게 했다. 드러난 화강암 조각들은 마치 말린 과일처럼 보였다. 이 연한 색의 배경 위
에 날개 천의 선명한 빨간색은, 마치 배 우현에 매단 부표처럼 눈에 띄었다.

몇 년 전, 이 풍차는 혹독한 시련을 겪었다. 20세기 브르타뉴를 강타한, 기록상
가장 강한 폭풍이었다. 보퍼트 풍력 계급표의 최상단, 12등급에 해당하는 강풍이
었고, 예전에는 이 정도의 바람이면 12세 이하 아이들이 날아갈 수 있다는 경고
도 있었다. 많은 이가 잊고 있지만, 그 폭풍우는 15명의 목숨을 앗아갔고, 브르타
뉴 숲의 거의 4분의 1을 초토화시켰다. 10월 15일에서 16일로 넘어가는 그 밤, 이 풍
차의 날개 네 개는 모두 부러져 나갔다. 날개는 교체되었지만, 내가 텐트를 친 소나
무 숲에는 여전히 자연재해의 흔적이 남아 있었다. 갈기갈기 찢긴 나무줄기들이
바닥에 흩어져 있었다.

나는 그 끔찍한 허리케인의 한복판에서, 얇은 껍질 속에 갇혀 허약하게 떨고 있
었을 누군가의 영혼을 상상해 보았다.

5월 2일

지난밤은 정말 힘겨웠다. 자정 무렵, 심한 복통에 잠에서 깬 나는 참을 수 없는
통증 끝에 텐트 밖으로 엉금엉금 기어 나가야 했다. 그리고 들판 한가운데서, 예상
치 못한 급작스러운 설사를 맞닥뜨렸다. 열에 들뜬 채 덜덜 떨면서, 한밤중 차가운
북서풍 갈레흔에 엉덩이를 드러낸 채 쭈그리고 앉아 있자니, 시간은 기이할 정도
로 느리게 흘러갔다.

처음에는 어제 내게 물을 나눠 준 농부가 혹시 물에 독이라도 섞었나 하는 말도
안 되는 의심이 머릿속을 스쳤다. 이어 떠오른 건 지난 몇 달간 내가 먹어 치운 음식
들이었다. 물에 절어 흐물흐물해진 빵 조각, 작은 파테 통조림, 커다란 정어리 통조
림, 그리고 그 위에 얹어 먹던 특정 브랜드의 초콜릿들. 데우지도 않고 허겁지겁 삼
켜버린 것들. 그건 지난 6개월 동안 내가 가장 자주, 가장 성의 없이 먹었던 것들이
었다. 결국, 내 장이 완전히 무너지기 전에, 먼저 무릎이 나가버렸다.

❋ 바람 '코르노그'의 영향은 아르젤의 세레악 풍차에서도 느껴진다. (모르비앙)

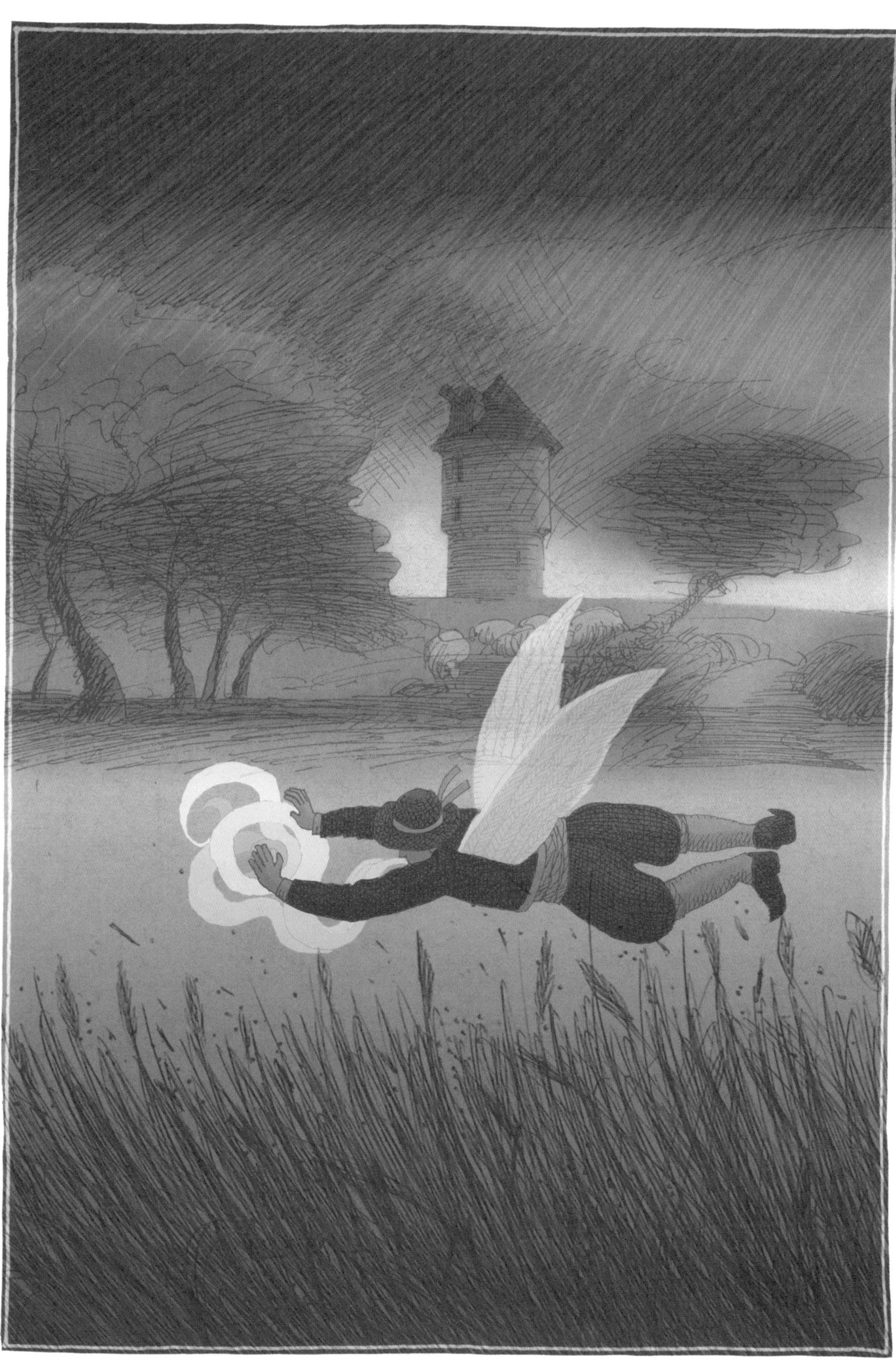

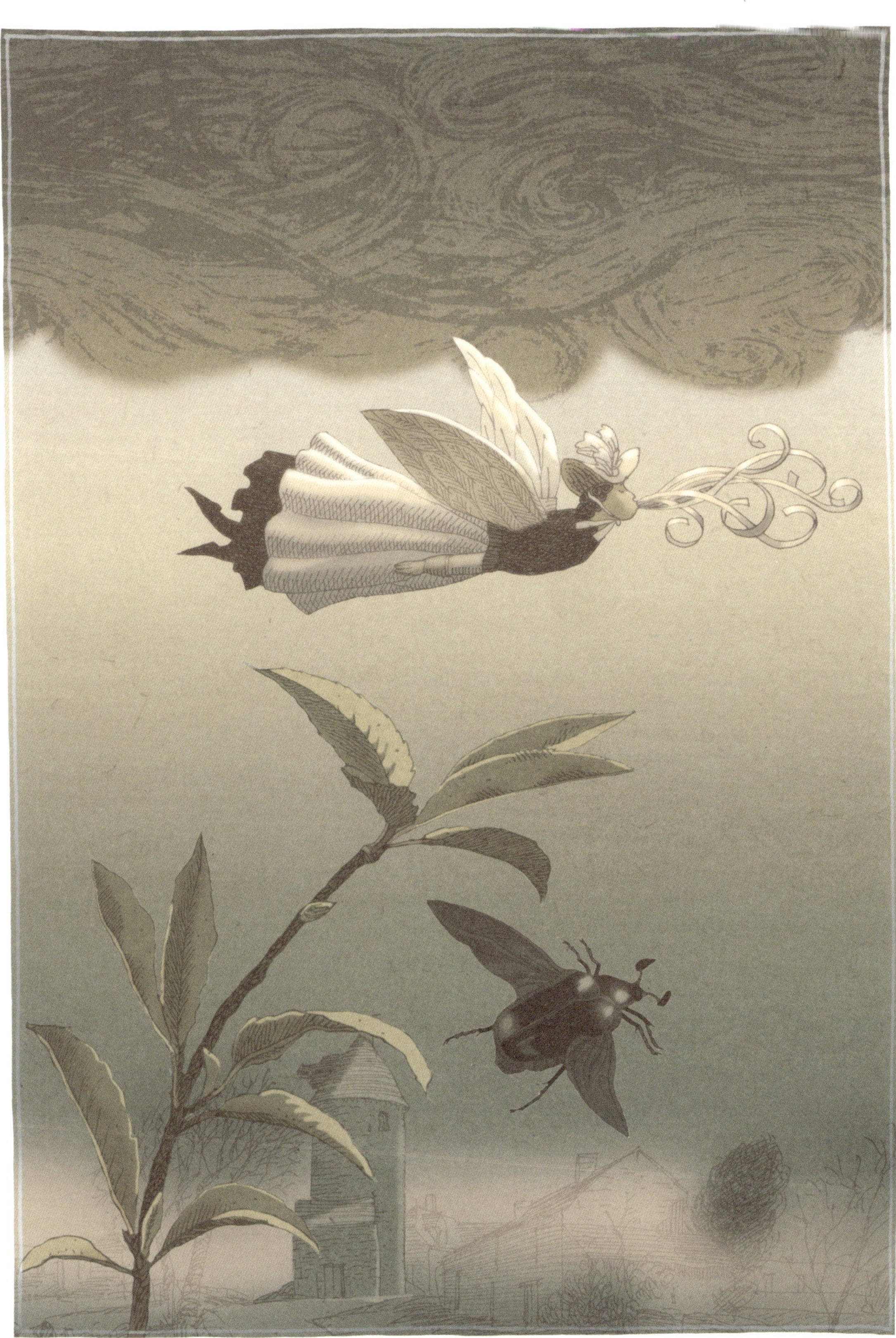

다음 날부터 나는 힘겹게 움직일 수밖에 없었다. 몇 달간의 여행이 어깨 위의 배낭보다 더 무겁게 내 어깨를 짓눌렀다. 배낭은 더 이상 무게가 느껴지지 않을 정도로 나와 하나가 되어 있었다. 내 다리는 계속 떨리고 있었지만, 마음속 저 깊은 곳으로부터 조그만 불꽃이 타오르는 것을 느꼈다. 그것이 나를 앞으로 나아가게 했다. 또한 한 번도 경험해 본 적 없는 설렘은 내가 이 여행의 끝에 도달하리라는 것, 아무리 지쳐도 절대 쓰러지지 않고 결국은 항구로 돌아가게 될 것임을 확신하는 데서 오는 흥분 같은 것이었다.

바람과 방랑자 사이에는 닮은 점이 있다. 들판의 울타리를 넘고, 가시덤불 사이로 스며들며, 사방의 거의 모든 곳을 지나간다는 점에서. 둘은 늘 앞으로만 나아간다. 때로는 멈추고, 때로는 다시 떠난다. 그렇게 마음 내키는 대로 움직인다. 하지만 이 둘이 평등한 관계인 건 아니다. 나는 너무나 자주, 내가 바람의 장난감이 된 듯한 느낌을 받았다. 생 바르브로 향해 걷고 있을 때였다. 돌풍이 갑자기 도로를 타고 일렬로 밀려왔다. 바람은 모래와 말라붙은 흙먼지를 구름처럼 휘몰아쳤고, 내 왼쪽 눈에는 잊을 수 없는 흔적을 남겼다. 그날 나는 하루 종일 울어야 했다. 나는 그것이 바람의 고의적인 장난이라는 생각이 들었다. 나는 그 바람을 금세 잊어버릴 테고, 그런 나에게 자신을 기억하게 하고 싶었던 것이다. 내가 그 바람을 생각하며 눈물이라도 찔끔 흘려주기를 원했던 것이다.

라 로슈 베르나르를 떠나, 나는 4번 국도를 따라 걸었다. 동주에 도착하기 전에 베슨을 지나 사브네의 시골로 향했다. 그곳에 가면 아래쪽이 좁고 위쪽이 넓은 멋진 풍차와, 세레악의 것보다 더 인상적인 '브르타뉴의 작은 발'을 찾을 수 있으리라는 것을 나는 알고 있었다.

그 풍차를 가까이에서 그리기 위해서는 정면의 현관에서 초인종을 눌러야 했다. 주인은 자리에 없었지만, 주인의 아들이 기꺼이 나를 맞아주었다. 그는 밀가루를 체로 걸러내는 장치와 함께 모든 기계가 여전히 그대로 보존된 풍차의 문을 열어 보여주었다. 그는 나와 나이가 같았는데 고전 문학을 전공하는 대학생이었다. 토론이 거듭되면서 그가 나를 저녁 식사에 초대했고, 내 텐트를 풍차 발치에 설치하는 것을 제안했다. 우리는 다음 날 아침 커피를 함께 마신 후 헤어졌다.

✳ 파소니에 마을의 기보 풍차 상공에 부는 북서풍 '갈레흔'(루아르)

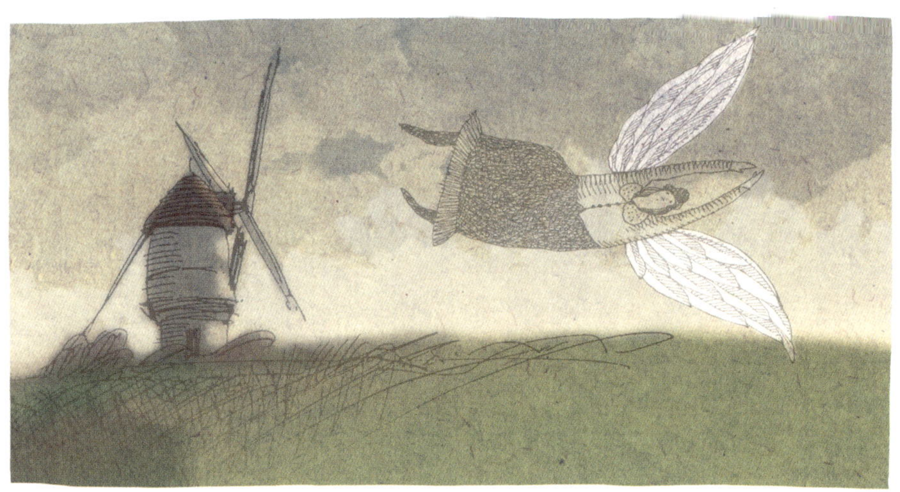

5월 10일

　　루아르강을 다시 만났을 때, 나는 마치 집에 돌아온 듯한 기분이 들었다. 내 삶의 한 중요한 시기를 그 근처에서 보냈지만, 정작 그 시기에는 그곳에 제대로 관심을 기울이지 못했다. 오히려 단호히 그곳을 떠나고 나서야, 나와 그 장소를 잇는 끊을 수 없는 유대감을 비로소 알아차릴 수 있었다.

　　나는 모래사장 위에 텐트를 쳤다. 이 작은 사막들은 자연이 제공할 수 있는 가장 아름다운 방들 중 하나이다. 햇살이 하루 종일 모래를 데우고 나면, 밤이 깊어도 따뜻함이 오래 남아 내 몸은 자유롭게 쉴 수 있었다. 발을 씻을 수 있는 세면장은 멀지 않은 곳에 있었고, 강가에 떠밀려온 나뭇가지들은 훌륭한 장작이 되어 멋진 불꽃을 피워주었다. 다른 곳이라면 결코 허용되지 않았을 불꽃이었다.

　　나는 포플러 숲에서 한가로운 시간을 보냈다. 소설가 줄리앙 그라크의 표현처럼, 포플러는 '언제나 대열을 이루어 항해하는, 고귀하면서도 인상을 찌푸린 듯한 얼굴로 돛을 펼친 나무'였다. 북서풍 갈레흔이 나뭇잎을 건드리면 숲은 속삭이듯 사각였고, 그 바람소리는 마치 루아르강을 따라 올라가는 배들을 도우며, 낮잠에 빠진 나를 조용히 흔들어주는 요람 같았다.

5월 12일

　　마지막으로 텐트를 걷던 날, 마음이 뻐근했다. 풀밭에 내려놓은 배낭을 한참 바라봤다. 어쩌면, 그날이 내가 마지막으로 배낭을 꾸리는 날이 될지도 모른다는 생각 때문이었다. 매일 아침 습관처럼 반복해온 일이, 그날만큼은 왠지 낯설게 경건했다.

나는 여행의 마지막 단계로, 한 번도 걸어본 적 없는 45킬로미터라는 가장 긴 거
리를 가기로 마음먹었다. 기억 속 그날은 온화한 날씨였다. 하늘은 한없이 푸르렀
고, 바람은 마치 더는 나를 괴롭히지 않겠다고 약속이라도 한 듯 조용했다.

그날은 부드러운 전환의 시간이었고, 이미 향수에 젖어버린 하루이기도 했다.
다음 날이면 나는 다시 일상의 제약 속으로, 또 다른 세계로 돌아가게 될 것이다.
그곳에서의 바람은 더 이상 나와 함께 걷던 친구가 아니라, 영혼도 얼굴도 없는 단
순한 공기의 흐름일 뿐일 테니까.

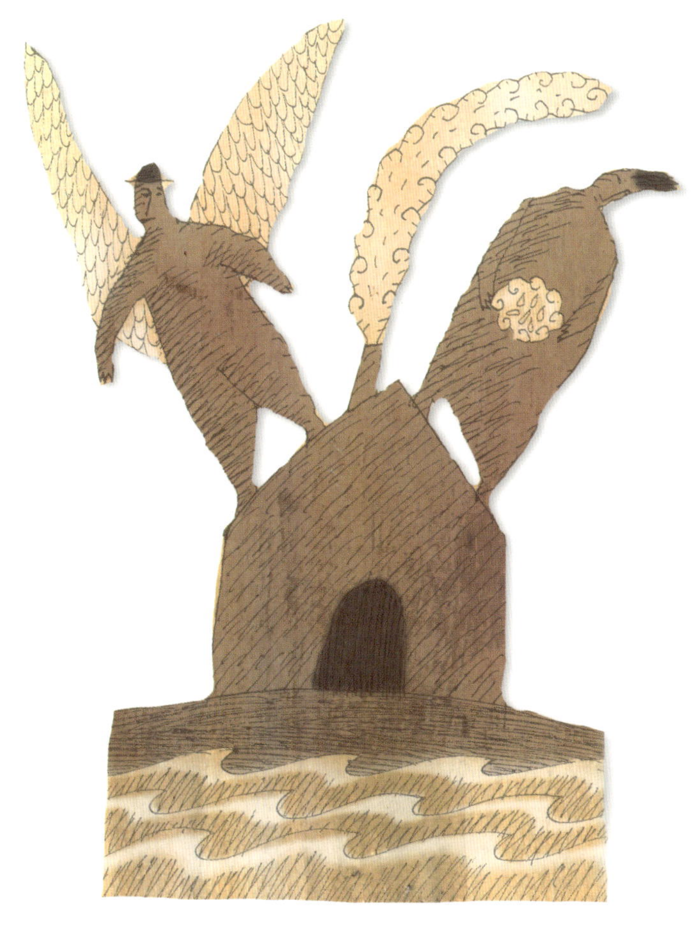

✳ 노르망디에서 만난 미스터 윈드와 미시즈 레인. 여행 중 포장지에 그린 그림
✳ 다음 페이지: 제대로 갖추어 입은 북서풍 '갈레흔'(브르타뉴에서는 '과라른'이라고 부른다), 세레악 풍차 근처에서.

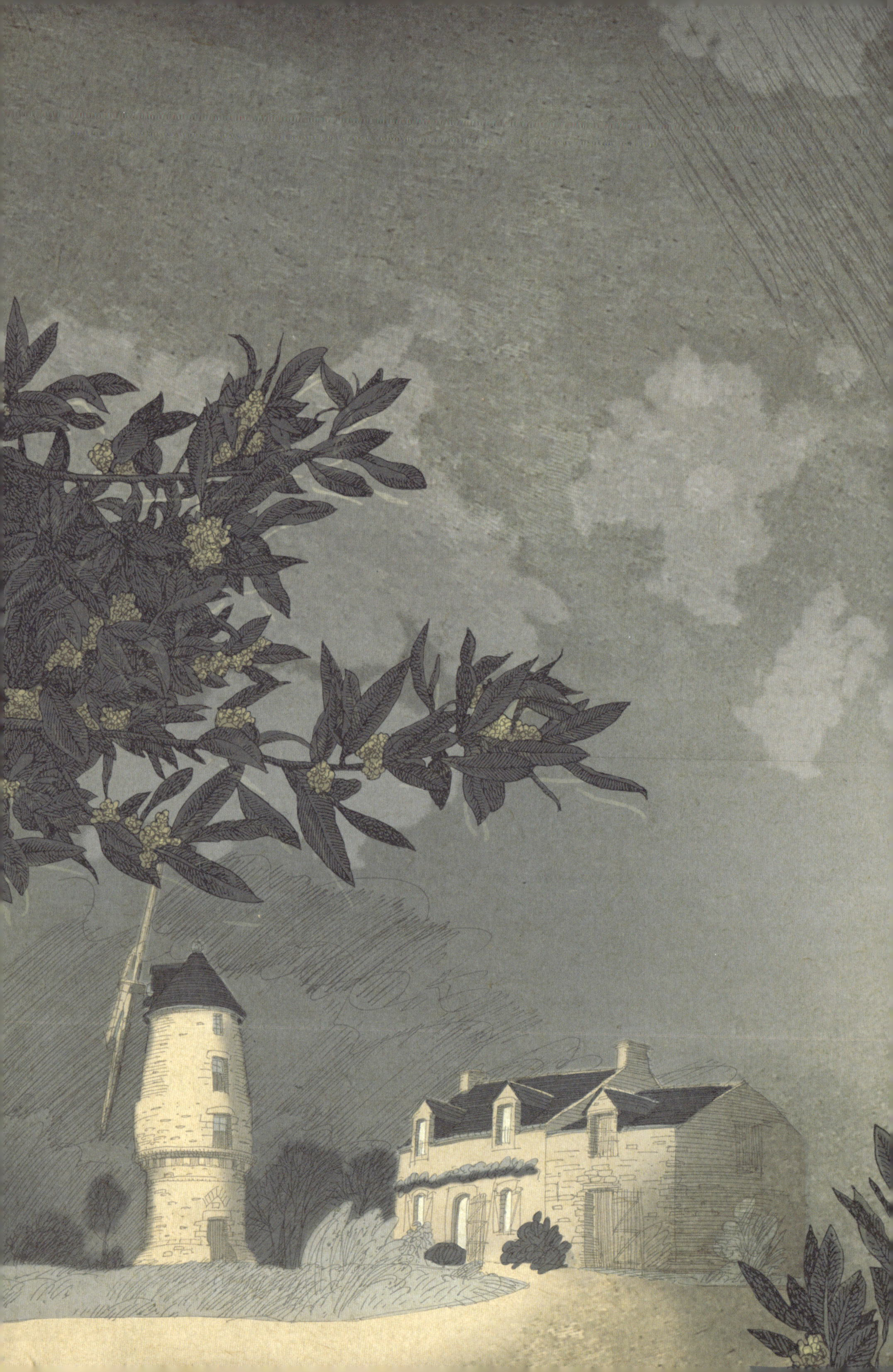

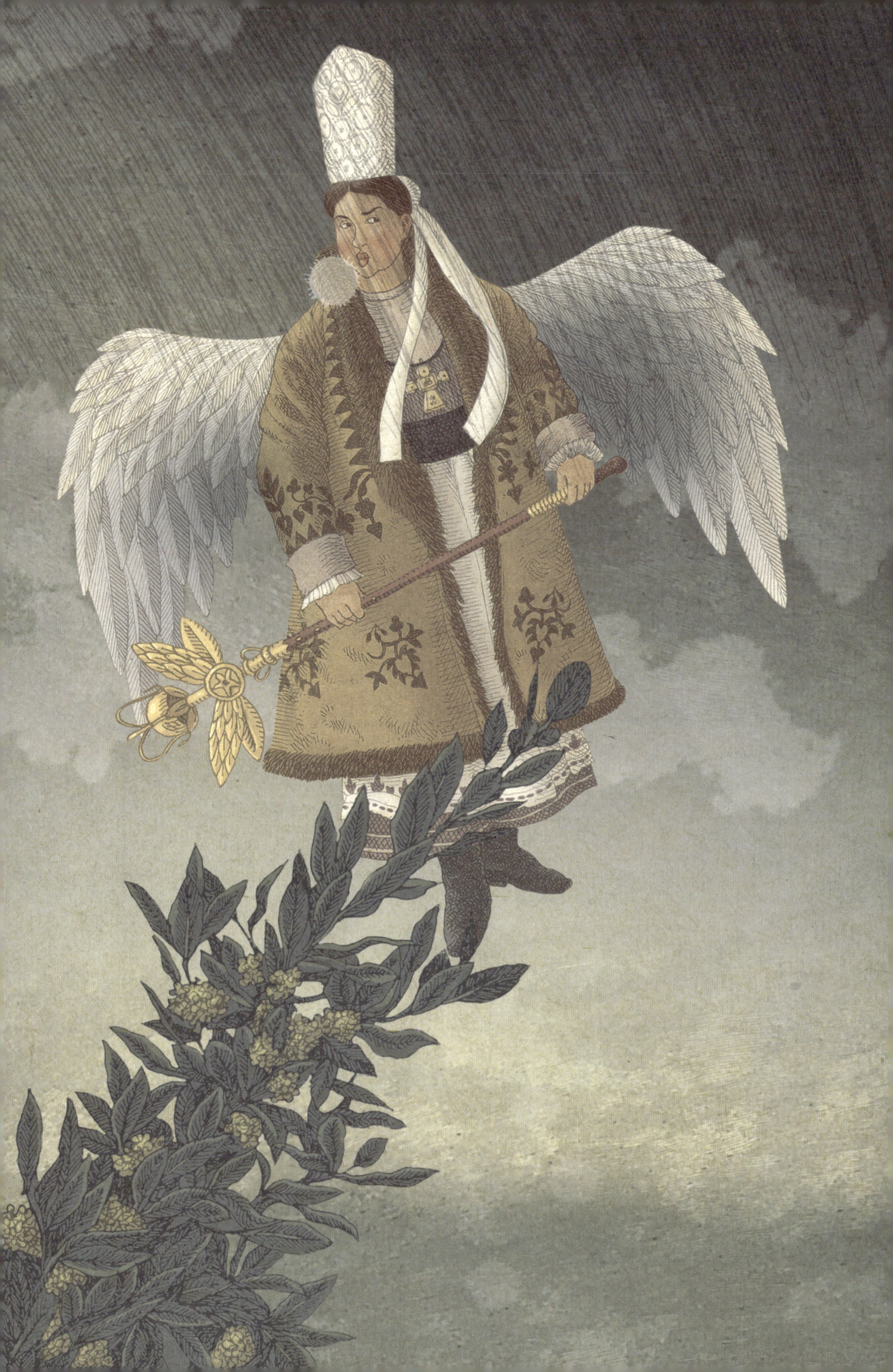

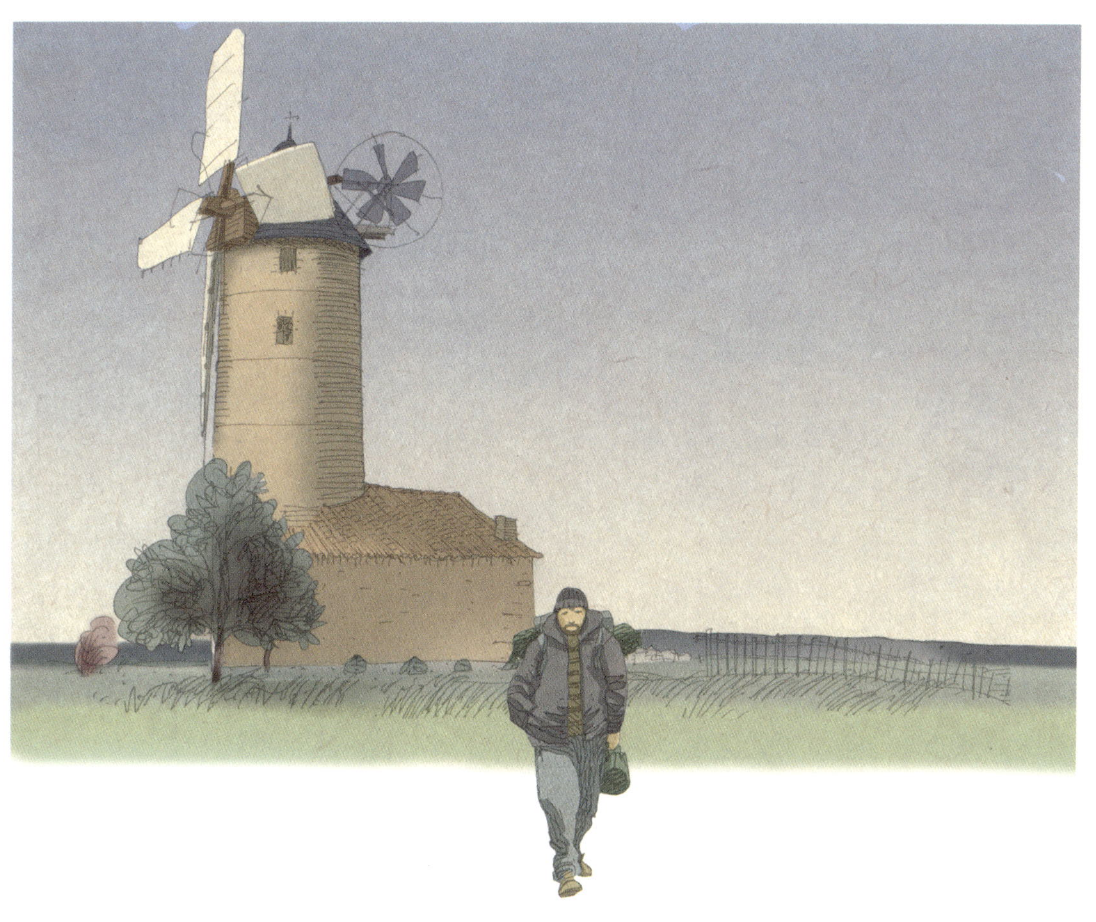

<h2 style="text-align:center">에필로그</h2>

　그다음 주에 이루어진 귀환은 이상하고도 뭔가 앞뒤가 맞지 않았다. 다리를 더 이상 쓰지 않자 오히려 통증은 더 심해졌고, 나는 침대의 지나치게 푹신한 매트리스 대신 방바닥에 스펀지 매트를 깔고 그 위에서 잠을 청했다. 시간은 더 빠르게 흘렀고, 매일 저녁은 서로 다를 것 없이 흘러갔으며, 아침도 마찬가지였다. 하늘은 예전만큼 푸르지 않았고, 대신 더 멀게 느껴졌다. 바람과 구름은 더 이상 이야기의 주인공이 아니라, 무대 뒤편의 소품이 되어 있었다.

　주변 사람들은 내가 이미 잊어버린 이유로 분주하게 움직이고 있었다. 나는 '바람의 신발을 신은 남자'라는 졸업장을 받은 것이 자랑스러우면서도, 어딘가 멜랑콜리한 기분에 사로잡혔다. 점점 더 확실해지는 건, 이것이 내 인생에서 가장 아름다운 여행이 될 것이라는 사실이었다. 그건 단지 한 번의 여행이 아니라, 세상으로의 입문이었다. 나는 이 여정을 바람과 풍차를 중심으로 구성했다. 단순히 도보로 프랑스를 한 바퀴 도는, 기계적인 목표 너머에 또 다른 목적을 설정하고 싶었기 때문이다.

나는 세상을 이해하고 싶었고, 산을 오르며 구름에 닿고 싶었고, 바람과 이야기 나누고 싶었고, 강을 건너고 싶었다. 1991년에서 1992년, 지금은 까마득하게 느껴지는 그 시절, 도서관의 책들이나 텔레비전의 르포 프로그램은 프랑스 곳곳의 주목할 만한 장소들을 알려주곤 했다. 하지만 우리는 이 나라가 여전히 미지의 땅으로 가득 찬, 구멍 난 지도라는 사실을 자주 잊고 산다. 시유락과 랄방크 사이의 길, 남서부 롯 지방 자흐랑의 고요한 오솔길, 그 길들은 과연 어떤 모습일까? 나는 전혀 알지 못했고, 알고 싶다면 직접 가보는 수밖에 없었다. 오늘날엔 아무리 호기심 많은 사람이라도 구글맵을 보면 대략적인 풍경을 확인할 수 있다. 하지만 냄새는, 향기는, 느낄 수 없다. 그 점은 아직도 참 다행스럽다.

그런 출발의 의지는 점차 사라졌다. 일기와 그림, 메모는 상자 속에 담겼고, 바람의 축제는 끝났으며, 끝없이 걸어갔던 지리의 영역은 이제 마음속 사진첩 몇 장으로 줄어들었다. 나는 그것들을 잊고 살아왔다. 하지만 길 위에서 나를 반겨주고 도와준 사람들만은 매일 또렷하게 떠오른다. 나를 걱정하게 만든 사람들보다 훨씬 많았고, 훨씬 오래 남아 있다.

나는 늘 이렇게 믿어왔다. 내가 마음을 열고 관심을 기울이기만 한다면, 세상은 결코 나에게 적대적이지 않다는 것을. 이 느린 여정은, 오늘날 미디어에서 자주 말하는 것처럼, 나를 가능성의 영역으로 이끌어주었다.

여섯 달이 지나고, 나는 다시 자유의 바람을 따라 기아나로 향하기 위해 짐을 꾸렸다.

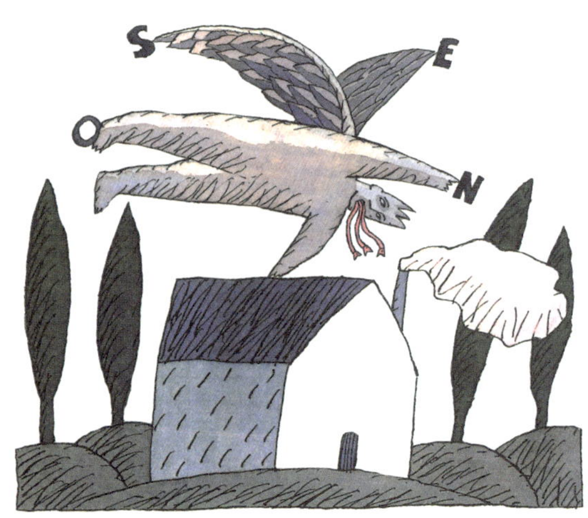

✳ 돌아오는 길에 그린 풍향계
✳ 이전 페이지: 맨에루아르의 모주 쉬르 루아르에 있는 에피네 풍차

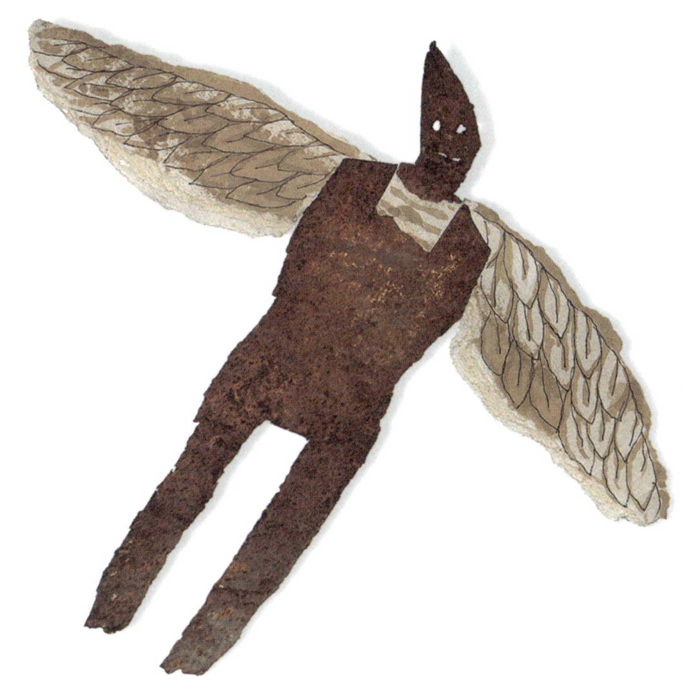

내 배낭에 매달려 여행을 함께 하는 동반자로 의인화된 바람. 여행 중 포장박스에
그린 후, 녹슨 금속판에 대고 오피넬 주머니칼로 잘라낸 작품

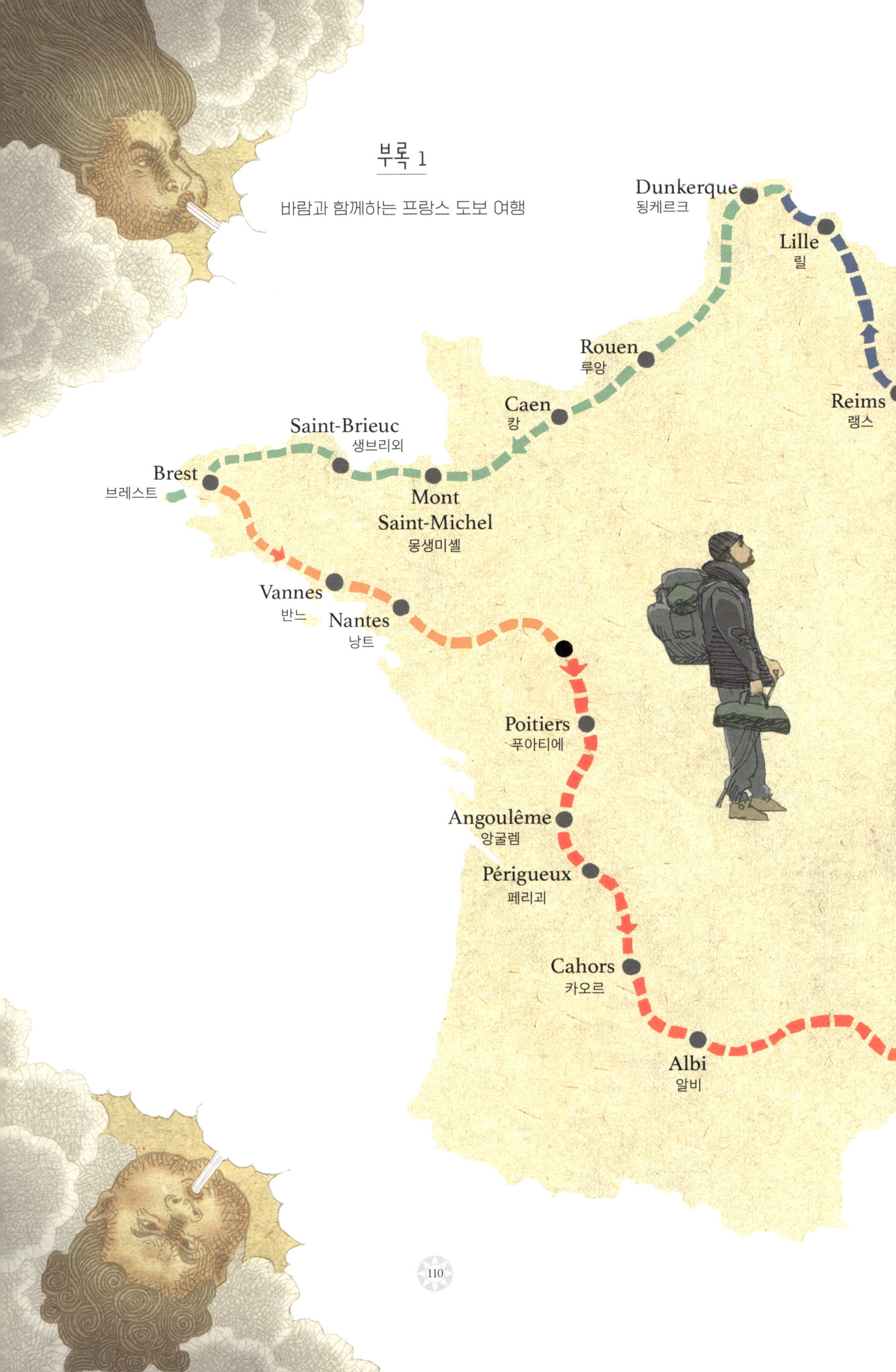

부록 1

바람과 함께하는 프랑스 도보 여행

Dunkerque
됭케르크
Lille
릴
Reims
랭스
Rouen
루앙
Caen
캉
Saint-Brieuc
생브리외
Brest
브레스트
Mont
Saint-Michel
몽생미셸
Vannes
반느
Nantes
낭트
Poitiers
푸아티에
Angoulême
앙굴렘
Périgueux
페리괴
Cahors
카오르
Albi
알비

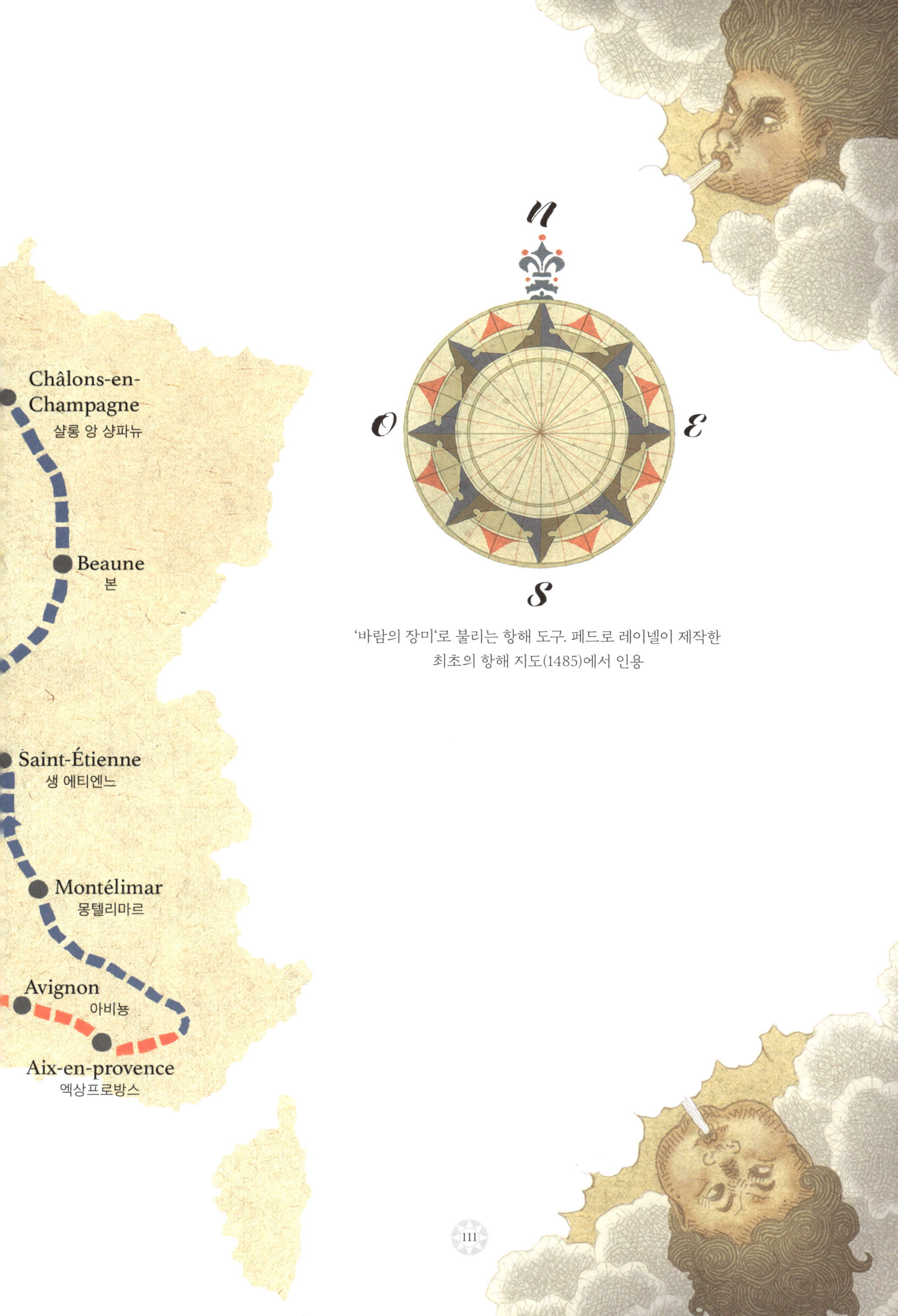

'바람의 장미'로 불리는 항해 도구. 페드로 레이넬이 제작한
최초의 항해 지도(1485)에서 인용

부록 ㄹ

여행의 충실한 동반자

스무 살 무렵, 친구 한 명과 함께 자전거로 프랑스를 가로질러 여행한 적이 있다. 마시프 상트랄 고원지대를 지나, 내가 살던 서쪽의 작은 도시에서 아비뇽까지. 내가 그림그리기를 시작한 것은 그로부터 4년 전이었다. 대각선으로 비스듬히 이동한 이 여행일지에는 지나온 마을 이름들과 몇몇 교회 종탑의 그림이 담겨 있었다.

그로부터 몇 해 뒤, 나는 이 길고 느린 도보 여행을 시작하며, 매일의 인상과 정보를 세로 28센티미터, 가로 22센티미터의 노트에 기록하기로 결심했다. 검은색 인조 가죽으로 된 노트였다. 나는 그 계획을 제법 성실하게 이행해냈고, 그렇게 기록을 이어가는 동안 이 200페이지의 노트가 내 유일하고도 진정한 비밀 친구가 되어가고 있음을 점점 깨달아갔다.

여행 초반, 푸아투의 이름 모를 들판에서 플라스틱 만년필을 잃어버린 이후로는 늘 나무 막대에 고무줄로 펜을 매달아 다녔다. 종이와 깃펜 몇 자루, 먹물 한 병을 지닌 채, 나는 어느새 옛 시절 여행자들이 남긴 길고 긴 계보의 끄트머리에 조용히 이름을 올리고 있었다. 그 모습은 지금의 인스타그램이나 틱톡 사용자보다는, 오히려 중세의 순례자에 더 가까웠다.

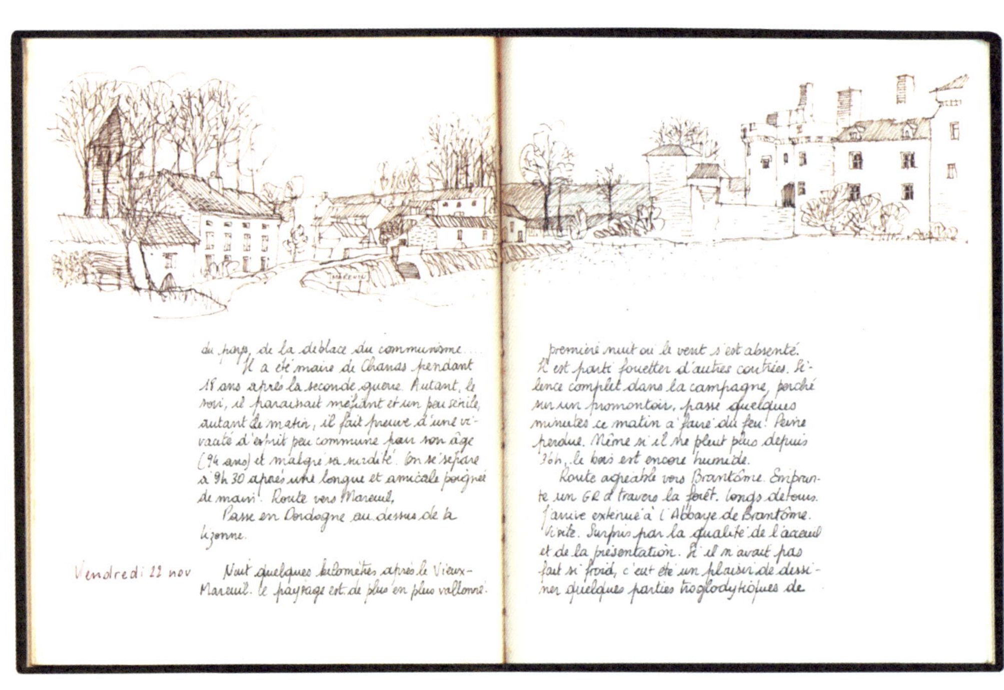

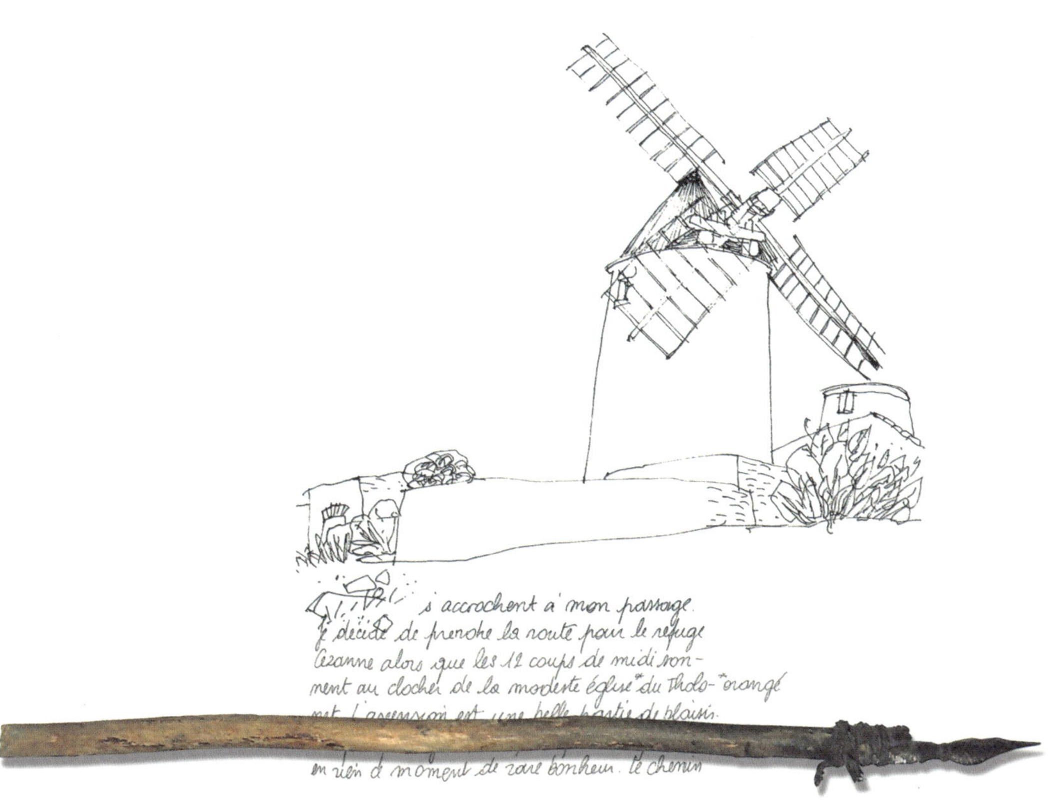

그 이유는, 1990년대 초반에는 그런 식의 '포스팅'이라는 개념 자체가 존재하지 않았기 때문이다! 만약 내가 지금 스무 살 청년으로 다시 여행을 시작한다면, 분명 전기 연결 방식에 더 적합한 장비들을 챙겼을 것이고, 무엇보다도 지금 이 시대의 기준에 맞는 도구들을 선택했을 것이다.

무엇보다도, 그때는 알지 못했다. 그 청년의 일기가 훗날 나이 든 '나'에게 얼마나 소중한 존재가 될지. 그 노트 덕분에 이제는 거의 잊혀져버린 얼굴에 이름과 성을 다시 붙일 수 있게 되었고, 기억 속에 남은 장소들을 지도 위에서 짚어낼 수 있게 되었다.

나는 그 청년의 동의를 받아, 그가 남긴 텍스트를 다듬는 작업에 착수했다. 그리고 그의 그림 몇 점을 다시 불러와, 그와 함께 또 한 걸음을 내딛는 이야기를 만들어 냈다.

부록 3

만난 바람들의 목록

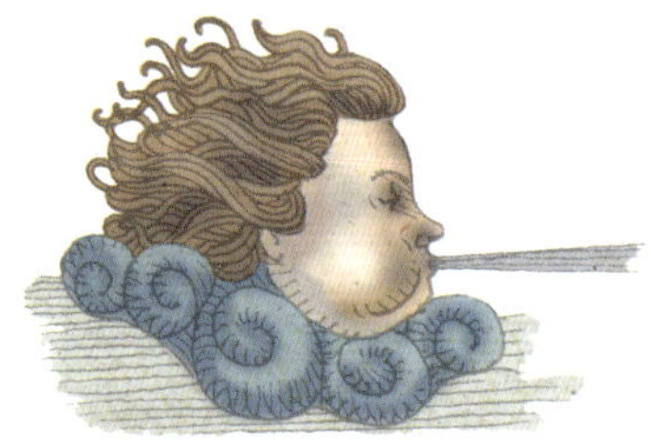

15세기 이탈리아 인문학자인 자코포 다 안젤로가 〈코스모그래피아〉에 그린 바람의 초상(1405년).
고대 그리스 천문학자이자 지리학자인 프톨레마이오스의 그림에 따른 것이다.

차 례

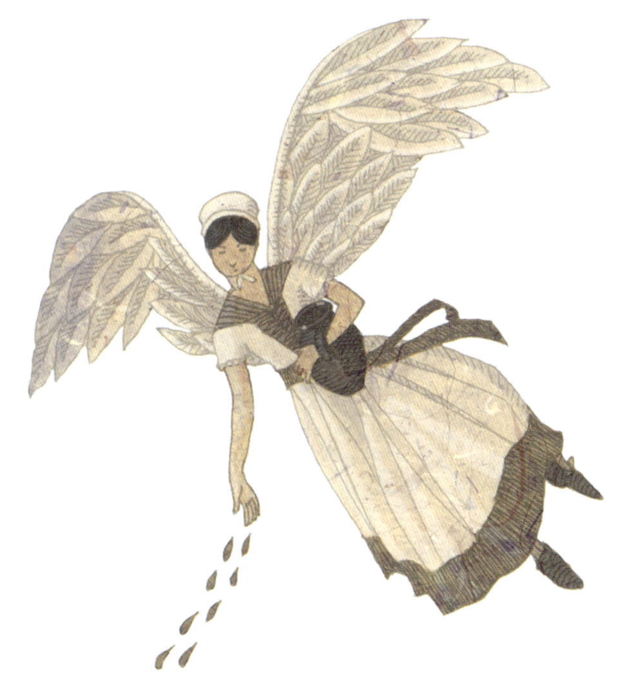

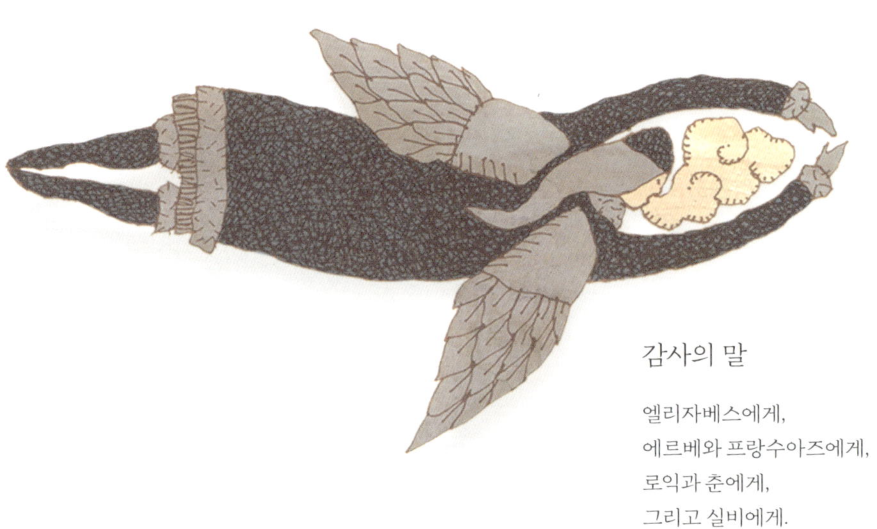

감사의 말

엘리자베스에게,
에르베와 프랑수아즈에게,
로익과 춘에게,
그리고 실비에게.

니콜라스 졸리보(Nicolas Jolivot)는 파리장식예술학교를 졸업하던 해, 걸어서 프랑스 여행을 하던 중 바람을 스케치하면서 조형예술가로서의 활동을 시작했다. 이후, 주로 혼자서 오랜 시간에 걸친 도보 여행에 나섰고, 현장에서 마주친 것들을 소재로 한 여행의 흔적들을 스케치북 속에 화려하게 남기게 된다. 그의 여정은 프랑스령 기아나의 숲, 마그레브, 일본, 발트해 연안, 중국 황하강, 이집트 나일강 발원지까지 이어졌다. 이 끊임없는 여정을 기록한 10여 편의 작품을 썼으며, 문학상을 여러 차례 수상했다.

그는 이 책을 통해 바람을 '보이지 않는 존재'로 표현하며, 이를 그림과 글로 생생하게 묘사한다. 그는 각 지역의 바람을 고유한 이름과 성격으로 소개하며, 독자들에게 바람과 자연에 대한 새로운 시각을 제공한다. 이러한 접근은 독자들에게 자연과의 깊은 교감을 이끌어내며, 바람을 통해 인간과 자연의 관계를 다시금 생각하게 한다.

박언주는 연세대학교 불어불문학과를 졸업하고, 동대학원에서 알베르 카뮈 작품 연구로 석사와 박사과정을 마쳤다. 대학에서 강의를 하며, 바람직한 좋은 번역에 대한 관심과 고민을 놓지 않고 있다. 옮긴 책으로는 《나의 정원 여행》, 《인 러브》, 《나의 고통은 보이지 않아》, 《시지프 신화》, 《이방인》, 《처음 시작하는 철학》, 《위대한 생각과의 만남》, 《일상에서 철학하기》, 《페르세폴리스》 등이 있다.

ÉOLE ROI. LE LIVRE DES VENTS by Nicolas Jolivot

Copyright © HongFei Cultures, 2022
All rights reserved.
Korean translation copyright © BRONTESALON, 2025

Translation rights arranged with HongFei Cultures, 73 Av de Tours 37400 Amboise, FRANCE through the Syllabes Agency, France and Amo Agency, Korea

바람의 신, 아이올로스 © 니콜라스 졸리보, 2025

1판 1쇄 펴낸날 2025년 6월 30일

글·그림 니콜라스 졸리보 **옮김** 박언주 **총괄** 이정욱 **출판팀** 이지선·이정아·이지수 **디자인** Design ET
펴낸이 이은영 **펴낸곳** 브론테살롱 **등록** 2022년 9월 22일(제2022-000046호) **주소** 서울시 노원구 동일로242길87 2F
전화 02-933-8050 **팩스** 02-933-8052 **전자우편** reddot2019@naver.com **블로그** http://blog.naver.com/reddot2019
ISBN 979-11-980387-3-9 03860

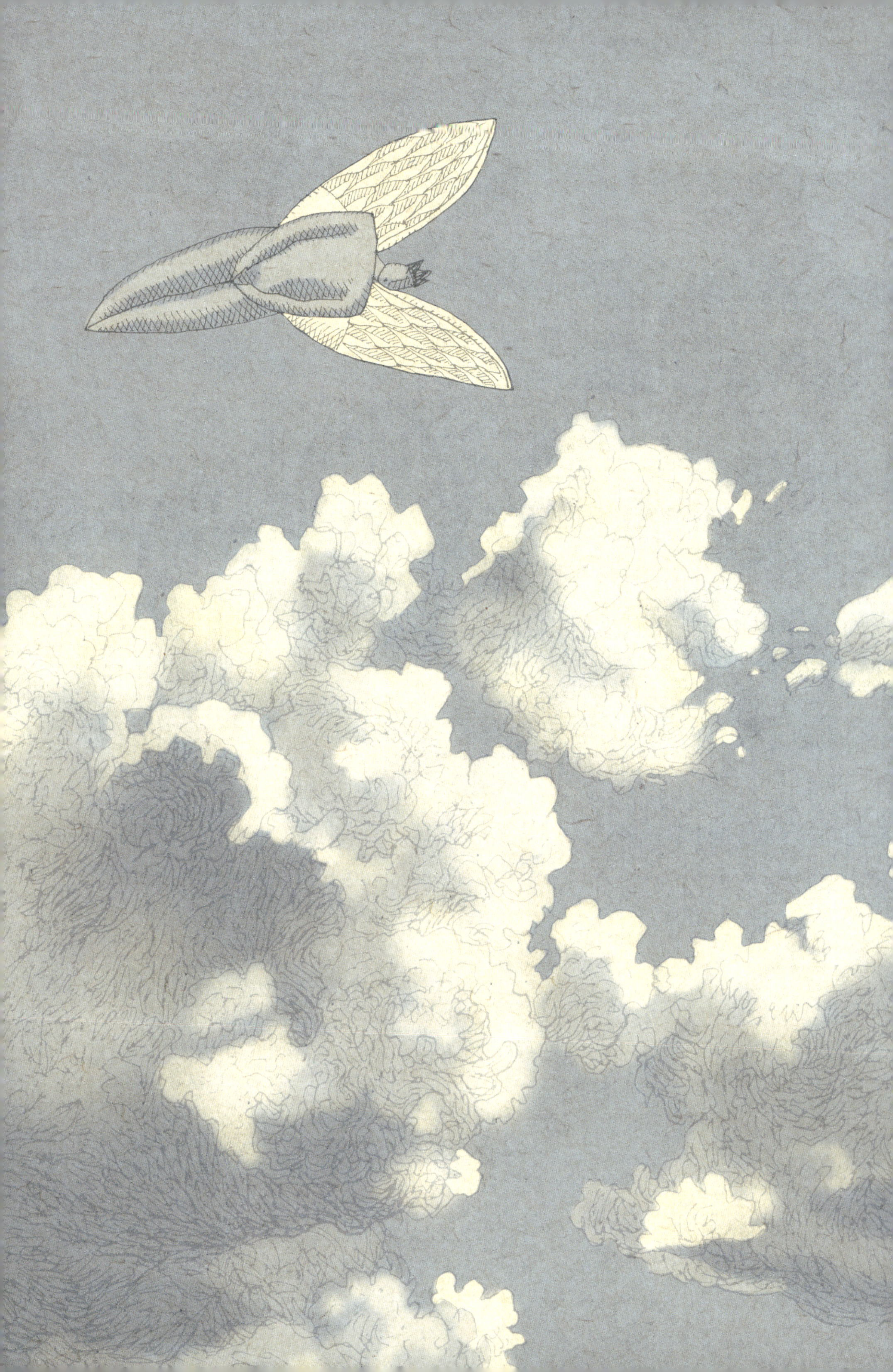